CROYDEN MANOR - HOCHZEIT MIT EINEM DUKE

CELESTE

KAJSA ARNOLD

Das Buch:

Grayson Brisbin, Duke of Croyden, hat fünf Probleme. Er muss seine Schwestern verheiraten, bevor er selbst in den Stand der Ehe treten kann. Dies stellt sich schwieriger heraus als gedacht. Denn, wie findet man einen Ehemann, der es nicht nur auf Geld und Ansehen abgesehen hat. Als der Duke of Leeds, Graysons Freund, in das Leben von Celeste tritt, ist sie sich sicher, dass sie noch nie einen so arroganten Menschen kennengelernt hat. Doch in Driscoll Spencer steckt mehr, als Celeste zuerst vermutet ... besonders seine Küsse sind außergewöhnlich. Doch Driscoll ist kein Mann für die Ehe, zumindest seiner Meinung nach, allerdings hat das Schicksal eigene Pläne ...

Die Autorin:

Kajsa Arnold ist eine deutsche Autorin, geboren in Essen/Ruhr, die bisher mehr als 150 Bücher in verschiedenen Genres veröffentlicht hat. Mittlerweile lebt sie mit ihren Kindern und Hund im Westmünsterland. Weitere Infos unter: www.kajsa-arnold.de

Deutsche Erstausgabe

1. Auflage

Covergestaltung: Andrea Wölk

Unter Verwendung folgender Fotos:

© Kharchenko…irina7 by Getty Images

© ziggymaj by Getty Images

© silmen by Getty Images

Kajsa Arnold c/o Andrea Wölk,

Lutherstr. 16, 46414 Rhede

www.kajsa-Arnold.de

KAPITEL 1

Januar 1850
Croydon Manor/zwischen London
und Saint Albans

Die kleine Trauergemeinde sah stumm dabei zu, wie der Sarg in der Erde verschwand. Einige Ladys tupften sich mit Spitzentüchern die Augenwinkel, um die Tränen zu verbergen.

Grayson Brisbin, Duke of Croydon, nahm etwas Erde aus der Schale zur Hand, und warf sie in die Grube auf den Sarg. Weiße Rosen zierten den Sarg, die Lieblingsblumen der Dowager of Croydon. »Lebewohl, Großmutter«, flüsterte er leise und trat zur Seite, um den Weg für eine seiner Schwestern frei zu machen. Celeste, die Älteste der Mädchen, warf eine einzelne Rose ins Grab. Danach folgten der Reihe nach seine übrigen vier jüngeren Schwestern. Neben Celeste warfen auch Eugenie, die Zwillinge Georgina und Valentine und Rosalie, die Jüngste im Bunde, je eine Blume ins Grab.

Die anschließenden Beileidsbekundungen ließ er über sich ergehen und war froh, als sich die Trauergemeinde verstreute. Er bedankte sich bei dem Pastor für die wohlgemeinten Worte, die er gesprochen hatte, obwohl seine Großmutter keine sehr gläubige Frau gewesen war. Die Dowager of Croyden war eine sehr unkonventionelle Frau, Mutter und Ehefrau gewesen. Als nach dem Tod ihres Ehemannes, ihr ältester Sohn, Graysons Vater, den Titel des Duke of Croyden erbte und die Familiengeschicke bis zu seinem Tode erfolgreich leitete, ging dieser Titel nach dessen frühen Tod, auf Grayson über. Nach dem Tod ihres Sohns, war die Dowager geradezu unangepasst und hatte jeden Glauben an die Kirche und Gott verloren. Trotzdem war der Pastor ein gern gesehener Gast auf Croyden Manor.

Ihren Mann hatte Beatrice Brisbin früh verloren, ebenso waren ihr Sohn und ihre Schwiegertochter beide an der Grippe verstorben, so dass sie allein für die Erziehung derer sechs Kinder, ihren Enkeln, verantwortlich gewesen war. Nun lag diese Verantwortung auf den Schultern von Grayson.

»Kommt ihr, es gibt eine Menge zu tun«, rief er seinen Schwestern zu, die sich in den Armen lagen und stille Tränen weinten. Er wartete einige Zeit, bis seine Schwestern endlich bereit waren, das Grab der Großmutter auf dem Familienfriedhof, der direkt neben der kleinen Kapelle lag, zu verlassen. Valentine, neunzehn Jahre alt, warf ihm einen wütenden Blick zu. »Was gibt es denn so Wichtiges zu regeln, dass wir Großmutter nicht mal in Ruhe *Auf Wiedersehen* sagen dürfen?«, zischte sie ihm zu, raffte ihre

Röcke und ließ ihn einfach stehen, ohne eine Antwort abzuwarten.

Celeste erbarmte sich und hakte sich bei ihrem Bruder unter. Er war oft tiefsinnig, fast schon melancholisch, obwohl er mit seinen einunddreißig Jahren, noch viel zu jung dafür war. »Für die Mädchen ist es schwer, dass Großmutter von uns gegangen ist«, erklärte sie mit leiser Stimme.

»Es ist für uns alle nicht einfach. Nun obliegt es mir, auf euch zu achten. Das wird keine leichte Aufgabe.« Er richtete seinen Blick in die Ferne.

»Ich bin doch auch noch da«, bemerkte Celeste. »Wir alle sind keine kleinen Kinder mehr.«

»Natürlich, aber ich bin der Duke of Croyden und somit nicht nur für meine Schwestern verantwortlich, sondern auch für das Erbe des Titels, den Ländereien und die Pächter. Es ist eine große Aufgabe. Wir müssen uns beeilen, Armstrong wird bald eintreffen.« Er trieb sie zur Eile an.

»Armstrong, der Anwalt?«, fragte Celeste überrascht nach. »Aber was will er denn?«

»Ich habe keine Ahnung. Nach Bekanntwerden von Großmutters Tod, ließ er mir eine Nachricht zukommen. Ich denke, es wird um das Erbe gehen. Großmutter hat noch eigenes Vermögen, das jetzt vielleicht unter uns Kindern aufgeteilt wird.«

»Aber du hast schon alles geerbt.« Celeste wollte stehen bleiben, doch Grayson zog sie weiter.

»Großmutter hatte einige Ländereien, die sie von ihrem Vater geerbt hat, dazu den ganzen Schmuck. Es ist alles von beachtlichem Wert und ich denke, sie will es unter ihren Enkeln gerecht aufteilen. Es unterliegt nicht der geregelten Erbfolge. Du weißt doch, wie sie war. Immer ein wenig exzentrisch, aber liebevoll und vorausschauend.« Ein kleines Lächeln huschte über seine Lippen, dann machte er sich daran, den Weg zum Anwesen fortzusetzen.

Groß ragte das Landhaus vor ihnen auf. Der Eingang von Croydon Manor wurde von vier großen Säulen getragen. Sechs Stufen führten hinauf in das Innere. Das Gebäude war alt und auf einer Seite mit Efeu bewachsen, was im Sommer Schutz vor der Sonne und der Hitze bot, und im Winter durch sein immergrünes Blätterwerk, schützte es vor der Kälte. Das Weiß der Steine war über die Jahrhunderte schon ein wenig ergraut. Große Kastanienbäume zierten die Auffahrt, dessen Laub ab dem Frühjahr mit einem hellen Grün aufwartete. Sie waren immer die Vorboten für einen schönen Sommer. Der Kies knirschte unter Celestes Schuhen und das Herannahen einer Kutsche war zu hören. Neugierig blieb sie stehen und schaute über ihre Schulter.

»Das wird Armstrong sein.« Grayson machte sich von Celeste frei. »Geh schon mal ins Haus und lass Tee zubereiten.«

»Sehr wohl, Euer Gnaden«, erklärte Celeste, die Graysons befehlenden Ton, als wäre sie eine der Hausangestellten, bereits kannte.

»Die Mädchen sollen sich in der Bibliothek einfinden«, rief er ihr hinterher.

Leichtfüßig lief Celeste die Treppe hinauf. »Eugenie, Georgina, Valentine und Rosalie, wo seid ihr?«, rief sie. Es war nicht einfach, die Mädchen im Auge zu behalten. Sie waren wie ein Rudel Welpen, die ständig etwas anstellten. »Kommt bitte in die Bibliothek, wir erwarten Besuch.«

Lautes Getrampel war im Hausflur zu hören, als die Mädchen die große Treppe hinunterliefen. Ihre Schlafgemächer befanden sich im ersten Stockwerk, die Zimmer der Dienstboten eine Etage darüber.

»Was ist denn los?«

»Wer ist denn der Besucher?«

»Warum müssen wir denn alle kommen?«, riefen die Mädchen durcheinander.

Celeste hob beschwichtigend die Hände. »Nun wartet es doch ab, Mädchen. Ihr werdet es gleich erfahren. Geht in die Bibliothek, setzt euch und bewahrt Ruhe.«

Sie nahm ihren Hut und Umhang ab, reichte es an John, dem Butler, weiter. »Danke John, bitte bringen Sie uns Tee und Gebäck. Mr. Armstrong besucht uns. Lassen Sie ihn in der Bibliothek servieren.«

»Sehr wohl, Mylady. Ich gebe es sofort weiter.« Der Butler entfernte sich und Celeste strich den Rock ihres schwarzen Kleides glatt, warf einen kurzen Blick in den Spiegel, um ihr widerspenstiges Haar zu richten. Die Feuchtigkeit des Frühnebels hatte ihre geordneten Locken in eine wilde Frisur verwandelt. Es war kalt, gestern hatte es geschneit, aber er war nicht liegengeblieben. Dennoch war es eisig, selbst hier im Haus. Sie würde John bitten, die Kamine in den Schlafzimmern schon am Nachmittag anzuzünden, nicht, dass bei diesem kalten Wetter noch jemand krank wurde.

Sie gesellte sich zu ihren Schwestern die aufgeregt schwatzten, doch als sie die Bibliothek betrat, verstummten. Kurz nachdem auch Celeste sich auf einem der edlen Sofas niedergelassen hatte, ein Tasse Tee in der Hand haltend, betraten ihr Bruder und Percy Armstrong den Raum. Alle

Augenpaare folgten den Männern. Grayson ließ sich hinter dem schweren Schreibtisch nieder, der Anwalt auf einem Stuhl davor. Er klappte eine lederne Mappe auf und holte ein Schriftstück hervor.

Celeste musterte den stillen Mann aufmerksam. Er war noch nicht sehr alt, höchstens drei Jahre älter als ihr Bruder, nicht besonders groß für einen Mann, aber dafür, dass er die meiste Zeit hinter einem Schreibtisch verbrachte, nicht zu dürr. Verlegen schlug Celeste die Augen nieder, als Mister Armstrong seinen Kopf hob und sie direkt anblickte.

»Mylady's, Euer Gnaden«, nickte er in Richtung Grayson. »Ich möchte Ihnen mein tiefes Mitgefühl über den Tod Ihrer Großmutter aussprechen. Als ihr Anwalt obliegt es nun mir, das Testament zu verlesen. Ihre Großmutter hat mich zu Lebzeiten ausdrücklich darum gebeten, es persönlich selbst zu übernehmen.«

»Vielen Dank, Mister Armstrong. Großmutter hat immer mit tiefer Bewunderung von Ihnen gesprochen«, erklärte Celeste und Armstrong nickte ihr wohlwollend zu.

»Können wir anfangen?«, fragte Grayson und erntete damit einen strafenden Blick von Celeste. Ihr Bruder brauchte wirklich ein wenig Nachhilfe, wenn es um den Umgang mit anderen Menschen und deren Gefühle ging. Die Verantwortung drückte nicht nur auf seine Schultern, sondern wohl auch auf sein Gemüt.

Armstrong räusperte sich verlegen. »Die verehrte Dowager of Croydon hat in ihrem Testament verfügt, dass ihr gesamtes Vermögen an ihren ältesten Enkel, Grayson Brisbin, Duke of Croydon, geht.«

Ein Raunen ging durch den Raum. Obwohl die Mädchen damit gerechnet hatten, gab es einige geflüsterte Worte, die erst verstummten, als Armstrong weiter fortfuhr. »Sämtlicher Schmuck geht an die älteste Enkelin, in diesem Fall, Lady Celeste Brisbin. Ihr obliegt, einige der Stücke an ihre Schwestern weiterzuschenken. Allerdings hat die Verstorbene an das Erbe einige Bedingungen geknüpft. So kann der Duke of Croydon das Erbe nur ab dem Zeitpunkt antreten, wenn alle seine Schwestern verheiratet sind. Bei der Hochzeit seiner Schwestern ist jeder Braut eine Mitgift von fünftausend Pfund aus dem Vermögen von Beatrice Brisbin auszuzahlen.«

Eine Welle des Erstaunens schwoll an. Schnell hob Armstrong die Hand. »Mylady's bitte, ich bin noch nicht fertig«, erklärte er mit ernster Stimme und sah kurz auf, sodass alle sofort verstummten. »Des Weiteren verlangt Lady Beatrice Brisbin, dass ihr ältester Enkel, spätestens ein Jahr nach der Hochzeit seiner jüngsten Schwester, ebenfalls den Bund der Ehe eingeht. Sollte das nicht der Fall sein, wird das gesamte Erbe an das Waisenhaus in Twickenham fallen. Die Nachweise der Eheschließungen sind von mir zu protokollieren und durch die Vorlage der Heiratsurkunden nachzuweisen.« Armstrong sah auf und schob das Schriftstück zurück in seine lederne Mappe.

Die Mädchen plapperten wild durcheinander, bis Celeste sie zur Ordnung rief.

Grayson blies seine Wangen auf und stieß die Luft langsam aus. »Nun, Großmutter war bekannt für ihren Sinn für Humor.«

Armstrong rückte seine Brille zurecht, die seine Augen künstlich verkleinerten. »Ich denke nicht, dass es als Scherz gemeint ist.«

»Nein, das ist wahrlich kein Scherz«, bestätigte Grayson.

Celeste seufzte und legte die Hände in den Schoß. »Das sind ja wirklich absurde Neuigkeiten.«

»Du musst als Erste heiraten«, rief Eugenie.

»Aber warum denn?« Celeste sah sie überrascht an. »So steht es nicht im Testament«, verteidigte sich Celeste, die gar nicht einsah, dass sie den Anfang machen sollte.

»Aber wenn du nicht heiratest, können wir nicht debütieren«, wies Georgina sie zurecht. »Und wie sollen wir dann einen Ehemann finden?«

Celeste schüttelte den Kopf. »Nicht jede Frau ist so erpicht darauf, in den Stand der Ehe zu treten.«

»Wir wissen, dass du nicht heiraten willst, Celeste, aber nun bleibt dir nichts anderes übrig, wenn du nicht dafür verantwortlich sein willst, dass Grayson Großmutters Vermögen verliert.« Rosalie sah sie mit großen Augen an.

»Und du Großmutters wertvollen Schmuck«, fügte Eugenie hinzu.

»Na, das hat Großmutter ja hervorragend eingefädelt. Jetzt sind wir alle nach ihrem Tod ihre Marionetten und aufeinander angewiesen. Ich wette, sie lacht sich in ihrem Grab tot, wenn sie es nicht schon wäre.«

»Celeste! So spricht man nicht über eine Tote.« Graysons mahnende Stimme gebot ihr Einhalt.

»Ist ja schon gut, bitte entschuldige. Ich bin still.« Beleidigt senkte sie den Blick und stellte ihre leere Teetasse auf dem Tisch ab.

»Wenn sonst keine Fragen mehr bestehen, werde ich mich jetzt empfehlen.« Percy Armstrong erhob sich und nahm seine lederne Kladde zur Hand.

Greyson stand ebenfalls auf, reichte ihm die Hand. »Vielen Dank, Mister Armstrong. Wir werden die

Trauermonate abwarten und dann werden wir sehen, wie wir dem Testament Folge leisten können.«

»Ich werde mich freuen, wieder von Ihnen zu hören, Euer Gnaden, Mylady's.« Er verbeugte sich in Richtung der Mädchen und verließ mit schnellen Schritten den Raum, ohne den Tee angerührt zu haben, von dem Gebäck ganz zu schweigen, obwohl sich der Duft im ganzen Raum verteilte.

KAPITEL 2

Juni 1850
Croydon Manor/zwischen London
und Saint Albans

»Ich bin so froh, dass wir die Trauerkleidung endlich ablegen können und wieder etwas mehr Farbe in unser aller Leben tritt«, seufzte Eugenie ergeben und strich über die Röcke ihres gelben Kleides.

»Wir hätten sie ja schon nach drei Monaten ablegen können, weil Granny nur unsere Großmutter war, aber ich denke, sie war so viel mehr als das und hat es verdient, dass wir ein halbes Jahr um sie trauerten, so wie es bei engen Verwandten üblich ist«, erklärte Celeste und sah von ihrer Stickerei auf. Die beiden jungen Frauen saßen im Garten unter einer großen Kastanie, die ihnen mit ihren breiten Blättern Schutz vor der Sonne bot.

»Jetzt hast du sechs Monate Zeit gehabt, um es dir noch

einmal zu überlegen, ob du nicht doch heiraten willst, Celeste«, meinte Eugenie vorsichtig. Das Testament war ein heikles Thema, welches Celeste lieber aus dem Weg ging, und bisher jedes Gespräch darüber im Keim erstickt hatte.

Sie hob die Schultern. »Was habe ich denn schon für eine Wahl. Wenn ich mich weigere, werde ich Grayson seine Zukunft verbauen. Nicht nur des Geldes wegen, auch würde ich ihm auf der Tasche liegen. Wie könnte ich so eine Schuld auf meine Schultern laden? Nein, ich habe keine andere Wahl. Ich werde einem armen Tropf da draußen mein Ja-Wort geben und dann bist du an der Reihe.«

Eugenie kicherte. »Ich werde den Mann wählen, der das größte Vermögen hat. Ich will das schönste Haus in London haben und der Welt zeigen, was für eine gute Partie ich gemacht habe.«

»Geld ist doch nicht alles, Eugenie. Stell dir vor, er ist alt und grau. Du solltest auf dein Herz hören. Du willst doch glücklich werden oder etwa nicht?« Celeste sah sie fragend an und konnte nicht glauben, was ihre Schwester da zum Besten gab.

»Geld macht mich glücklich. Ich will schöne Kleider kaufen und nicht darauf achten müssen, was sie kosten.«

»Deine Mitgift ist groß genug, davon kannst du dir einen ganzen Laden mit Kleidern kaufen.«

»Aber bei meiner Heirat bekommt mein Ehemann die Mitgift und wer weiß, ob er mir davon Kleider kauft. Aua!« Sie steckte sich den Mittelfinger in den Mund, weil sie sich mit der Nähnadel gestochen hatte. »Grayson will, dass wir einen Ball organisieren. Georgina und Valentine sind schon ganz aufgeregt.«

»Werden sie an dem Ball teilnehmen?« Celeste hob überrascht eine Augenbraue in die Höhe.

»Grayson meint, je eher sie der Gesellschaft vorgestellt werden, umso schneller finden wir alle einen Verehrer.«

»Das hört sich ja an, als hätte er es eilig. Will er denn auch bald heiraten?« Celeste war ihr Bruder wie immer ein Rätsel. Obwohl sie alle in einem Haus wohnten, wusste keiner so richtig, was er tat und dachte. »Hast du je gesehen, dass er einer Frau den Hof macht?« Celeste zog die Stirn kraus und biss sich auf die Unterlippe. »Vielleicht gibt es ja in London jemanden, den er ins Auge gefasst hat.« Sie seufzte tief. »Ich freue mich schon, wenn wir in zwei Monaten nach London fahren. Das Leben auf dem Land ist so öde.«

Verwundert hob Eugenie den Kopf. »Das sind ja ganz neue Töne. Dir hat es hier doch immer so gut gefallen.«

»Tut es ja auch. Aber langsam beginne ich mich in der Stadt wohler zu fühlen. Wenn ich heirate, werde ich ohnehin in London leben und nicht mehr hier auf Croyden Manor. Obwohl ich es mir gar nicht vorstellen kann, nicht mehr hier zu wohnen.«

»Außer dein Mann schiebt dich aufs Land ab.« Als Eugenie das erschrockene Gesicht ihrer Schwester sah, begann sie laut zu lachen. »Ach Celeste, ich ärgere dich doch nur. Du wirst bestimmt einen wunderbaren Mann finden, der dich von Herzen liebt.« Sie erhob sich und schloss Celeste in ihre Arme. »Komm, lass uns schauen, wen wir alles zu dem Ball einladen werden. Die Karten müssen geschrieben werden.«

»Dann sollen uns Georgina, Valentine, und Rosalie aber helfen.«

. . .

In der ersten Etage summte es wie in einem Bienenstock. Die Mädchen liefen aufgeregt von einem Schlafgemach ins andere. Hielten Kleider zur Auswahl vor, suchten Haarbänder und Unterröcke, schnürten Mieder zu eng, dass die Luft wegblieb, fanden verschwundene Handschuhe wieder und Blütenblätter, die eigentlich ins Haar gehörten.

»Ich glaube, ich werde hier oben bleiben«, sagte Celeste und blickte in den Spiegel. Sie stand hinter Georgina, die vor ihr saß und etwas Rouge auftrug.

»Aber warum denn? Bist du nicht aufgeregt? Vielleicht triffst du heute auf deinen zukünftigen Ehemann. Das ist doch aufregend.« Georgina schien sie nicht zu verstehen.

»Georgi, ich habe nicht deine Schönheit. Ich bin nicht so unterhaltsam wie Eugenie oder so belesen wie Rosalie und kann nicht so gut tanzen wie Valentine. Außerdem bin ich mit meinen zweiundzwanzig auch schon zu alt. Meine Chancen sind eher gering, einen ehrbaren Ehemann zu finden. Es ist deshalb keine gute Idee, dass ich zuerst heiraten soll.«

Georgina drehte sich zu ihr um und sah Celeste intensiv an. »Du redest Unsinn. Du hast von uns allen etwas. Du bist sehr unterhaltsam, wunderschön, belesen, und tanzt wundervoll. Dazu bist du noch äußerst intelligent. Das klügste Mädchen, das ich kenne. Warum siehst du das alles nicht?«

»Wer will schon eine intelligente Frau?«, fragte Celeste hoffnungslos.

Ihre Schwester seufzte. »Celeste, ein Mann, der genug Selbstbewusstsein hat, um keine Angst vor deiner Intelligenz zu haben. Du wirst sehen, bald rennen uns die Verehrer die Tür ein. Und jetzt leg noch ein wenig Farbe auf deine Lippen und Wangen. Du bist so blass, dass man denken könnte, dass du krank bist.«

Celeste warf erneut einen Blick in den Spiegel und musste zugeben, dass ihre Schwester recht hatte. Sie sah wirklich etwas blass aus, aber das war der Aufregung zuschulden. Also griff sie zu der Puderquaste und tupfte sie leise seufzend in den Rougetopf.

Der Ballsaal war schon fast überfüllt, so viele Menschen waren der Einladung gefolgt, an dem Sommerball auf Croyden Manor teilzunehmen. Niemand der etwas auf sich hielt, hätte dieses Ereignis verpasst. Es war eine Tradition, dass der Duke of Croyden alljährlich im Sommer ein großes Fest gab. Graysons Vater hatte mit dieser Tradition begonnen und nun setzte er sie weiter fort. Celeste hatte mit ihren Schwestern tagelang an den Einladungen gesessen, die sie per Boten zugestellt hatten. Alle Gäste von Rang und Namen waren erschienen, um die Töchter in Augenschein zu nehmen, die es hieß, alsbald unter die Haube zu bekommen. So kam es Celeste jedenfalls vor. Ihr Blick ging immer wieder zum Eingang und als der Earl of Conteville mit seiner Familie den Raum betrat, atmete sie erleichtert auf. Sie trat auf die Familie zu.

»Lord und Lady Conteville! Wie schön, dass Sie unserer Einladung gefolgt sind.« Celeste knickste höflich.

»Celeste, mein Kind, wie hübsch du aussiehst. Mary konnte es gar nicht abwarten, dass wir endlich ankommen.«

Celeste wandte sich ihrer besten Freundin seit

Kindertagen zu. »Mary, endlich bist du da.« Sie deutete einen Kuss auf jede Wange an. »Ich warte schon sehnsüchtig auf dich.« Sie nickte James und Jonathan Babington zu, den beiden älteren Brüdern von Mary.

»Ich habe deinen Brief erhalten, das ist ja alles schrecklich«, flüsterte Mary ihr zu.

»Uns tut der Verlust Ihrer Großmutter sehr leid«, erklärte der Earl of Conteville.

»Vielen Dank, Mylord. Granny war alt, aber sie hat bis zum Ende ihren Humor nicht verloren.« Celeste versuchte sich an einem Lächeln.

»Lass uns ein wenig in den Garten gehen, hier drinnen ist es mir viel zu voll.« Mary hakte sich bei ihrer Freundin ein und gemeinsam schlenderten sie auf die Terrasse hinaus. Im Garten brannten Fackeln, obwohl die Sonne noch nicht ganz untergegangen war. Einige Gäste nutzen die Gunst der Stunde, um durch die außergewöhnlichen Gärten des Anwesens zu schlendern. Die Dowager of Coryden war bekannt für ihre bemerkenswerten Rosenzüchtungen. Sie hatte eine Menge Zeit damit verbracht, Celeste in die Kunst der Vermehrung und aufwändigen Pflege einzuführen. Sie teilte die Liebe ihrer Großmutter zu den Blumen und würde jetzt nach ihrem Tod ihr Lebenswerk weiterführen.

Mary ließ sich auf einer kleinen Bank nieder und Celeste nahm neben ihr Platz.

»Ich fasse es nicht, dass deine Großmutter verfügt hat, dass du heiraten sollst. Nur gut, dass sie dir den Mann nicht auch vorbestimmt hat.« Mary schüttelte ungläubig den Kopf.

Celeste seufzte leise. »Es ist ja nicht so, dass ich nicht heiraten will, nur komme ich mir vor, als hätte man einer Gans ein schönes Band umgebunden und würde es damit zur

Schlachtbank führen. Wen soll ich denn heiraten. Es gibt keinen Mann, für den ich mich interessiere. Doch wenn ich nicht heirate, dann wird Grayson das Erbe verlieren. Mir sind die Hände gebunden, ich muss mich fügen.«

Mary griff nach ihren Händen. »Oh Celeste, du tust mir so leid. Du könntest doch einen meiner Brüder ehelichen. James ist zwar nicht der Erbe des Titels, aber er erbt einige Ländereien, die meiner Mutter gehören und nicht der Erbfolge unterliegen. Er wird einmal ein sehr reicher Mann sein. James ist freundlich und sehr aufmerksam.«

Celeste blickte ihre Freundin lächelnd an. »Aber Mary, das weiß ich doch. Aber ich kann James nicht zum Ehemann nehmen, es wäre, als würde ich meinen eigenen Bruder heiraten. Wir haben als Kinder zusammen Streiche ausgeheckt. Nein, das ist undenkbar, aber sehr lieb, dass du das in Betracht ziehst.«

»James würde das jeder Zeit für dich tun. Er ist so ein lieber Kerl.«

»Ja, das ist er«, bestätigte Celeste, obwohl ihr klar war, dass James niemals als Ehemann für sie infrage kam.

»Es ist ja nicht so, dass ich in den nächsten drei Monaten verheiratet sein muss. Nur fühle ich mich nicht wohl dabei. Es fühlt sich so an, als ständen wir alle in den Startlöchern zu etwas Ungewissem. Was ist, wenn ich keinen Verehrer finde?«

Mary blickte sie sprachlos an. Ihr Mund stand ein kleines Stück offen. Für einen Moment war es still, dann lachte sie auf. »Mein Gott, Celeste. Das kannst du nicht wirklich glauben. Du bist die schönste Frau, die ich kenne. Jeder Mann, der noch nicht vergeben ist, dreht sich nach dir um. Ich glaube, du hast keine Vorstellung, wie du auf die

Männerwelt wirkst. Ich wünschte, ich hätte nur etwas von deinem Charme und deinem Charisma.«

»Was redest du denn da? Jeder beachtet dich und wirft dir charmante Blicke zu«, gab Celeste das Kompliment zurück.

Doch Mary schüttelte den Kopf. »Nein, meine Hüften sind viel zu breit und mein Vorbau ist auch ein wenig zu üppig, für meine Verhältnisse. Ich kann von Glück sagen, wenn sich ein Zweitgeborener für mich interessiert.«

Entschlossen erhob sich Celeste. »Wir werden hier nicht im Selbstmitleid vergehen. Komm, lass uns den Ball genießen. Ich habe Lust zu tanzen und die Männerwelt muss ja für etwas gut sein.«

Sie hakte ihre Freundin unter und zusammen betraten sie den Ballsaal, wo der Tanz bereits eröffnet worden war.

Ihr Bruder unterhielt sich mit Peer Audley, Marquis of Goswins. Er bewohnte ein Nachbarhaus in London. Audley war ein junger Bursche und hatte schon den Titel des Marquis' geerbt. Wenn Celeste das richtig in Erinnerung hatte, war er drei Jahre jünger, als sie selbst. Als die Männer zu ihr blickten, war klar, welches Thema im Raum stand. Celeste sah schnell weg. Grayson sollte es nicht wagen, Audley als möglichen Heiratskandidaten in Erwägung zu ziehen. Er war nicht nur jünger, sondern auch kleiner als sie selbst. Der Marquis of Goswins war kein Mann, der ihr Herz höherschlagen ließ. Ihr wurde übel bei dem Gedanken. Wenn das so weiterging, würden die nächsten Monate die Hölle werden.

»Was ist los, Celeste? Du bist ja ganz blass im Gesicht.« Mary berührte besorgt ihren Arm.

»Nein, alles ist in Ordnung.« Sie ließ ihren Blick durch

den Raum schweifen, als er am Eingang hängenblieb. Dort betrat gerade ein Mann den Raum, der Celeste unbekannt war und den sie sicherlich nicht eingeladen hatte. Dieser Mann hatte solch eine Ausstrahlung, an ihn hätte sie sich erinnert, wäre sie ihm schon einmal begegnet oder gar vorgestellt worden, da war sie sich sicher. Aber die Frage blieb. Wer war dieser Mann, der die Treppe zum Ballsaal herunter schritt, als wäre er hier zu Hause?

KAPITEL 3

Juni 1850
Croydon Manor/zwischen London
und Saint Albans

Celeste ließ den Mann nicht aus den Augen, der sich so selbstsicher durch den Raum bewegte, als wäre er der Besitzer von Croyden Manor und alles hier würde ihm gehören. Celeste eingeschlossen. Sie schluckte hart, als sich ihre Blicke trafen. Als würde ein unsichtbares Band sie verbinden, trieben sie in der Menge aufeinander zu und blieben am Rand der Tanzfläche stehen. Die Lichter der Kandelaber warfen kleine Schatten auf sein Gesicht und ließen ihn noch geheimnisvoller erscheinen. Er trug einen leichten Bartschatten, als hätte er es für nicht wichtig erachtet, sich für den heutigen Ball zu rasieren, was Celeste missfiel.

»Ich hätte nicht gedacht, dass ich bei diesem Fest auf

etwas treffe, dass meine Neugier weckt.« Er sprach mit tiefer, ruhiger Stimme, die Celeste ein wohliges Gefühl bescherte, dabei ließ er sie nicht aus den Augen. Sein Teint war dunkler, als es üblich war, so, als würde er sich ständig an der frischen Luft bewegen.

»Ich glaube, wir sollten nicht miteinander sprechen, wir wurden uns noch nicht vorgestellt«, erklärte Celeste leise und blickte sich unsicher um.

»Aber ist das nicht gerade abenteuerlich? Das Unbekannte?«, fragte er und sah sie an. Er lächelte nicht, sondern sah aus, als erwartete er etwas Geistreiches von ihr.

»Mir steht nicht der Sinn nach Abenteuer«, erklärte sie und wollte sich abwenden, doch er hielt sie mit seinen Blicken gefangen.

»Schade. Ich hätte Sie für mutiger gehalten. Wenn Sie sich schon auf dieses Fest wagen. Ich wette, es wimmelt hier von heiratswütigen Gecken, die auf die Töchter des Hauses treffen, die vermutlich aufgetakelt sind, wie eine Fregatte, die sich daran macht, in die Neue Welt zu segeln.«

Celeste lachte auf. »Ja, da könnten sie vielleicht recht haben. Aber warum sind Sie auf diesem Ball, wenn ich fragen darf, wo Sie wohl kein Interesse an den Töchtern des Hauses haben«, fragte sie interessiert nach. Auch wenn sie hätte beleidigt sein müssen, so war sie doch neugierig, auf seine Antwort.

»Ich wurde vom Duke of Croyden persönlich eingeladen«, erklärte er und winkte einem Lakaien, der ein Tablett mit Getränken an ihnen vorbei trug. Er nahm zwei Gläser Champagner und reichte eines an Celeste weiter.

»Oh, Sie kennen den Duke persönlich?«, tat Celeste ganz ahnungslos.

»Ja. Wir sind uns vor einem Jahr in einem Club in London begegnet und haben ein gemeinsames Hobby. Nun werden wir daraus ein lukratives Geschäft machen.«

Das war ja interessant. Konnte Celeste so eines von Graysons Geheimnissen lüften?

»Dann sind Sie also gar nicht auf Brautschau? Sind Sie vielleicht schon verheiratet? Wo haben Sie dann Ihre reizende Frau gelassen?«

Er lachte freudlos. »Meine Frau? So etwas suchen Sie bei mir vergeblich. Ich denke nicht, dass ich ein Mann für die Ehe bin. Nein, Sie haben recht, mein Erscheinen hat einen geschäftlichen Hintergrund. Aber warum nicht das Nützliche mit dem Angenehmen verbinden?«

»Ja, und unter angenehm verstehen Sie, sich die *Fregattentöchter* des Hauses anzusehen?«, fragte Celeste und trank einen Schluck.

»Nun ja, ich hoffe, Sie sind nicht mit ihnen verwandt und ich rede mich hier gerade um Kopf und Kragen.«

Celeste lächelte und schüttelte den Kopf, als sie Grayson auf sich zukommen sah.

»Spencer, mein lieber Freund. Wann bist du eingetroffen?« Grayson schüttelte ihm die Hand.

»Brisbin! Ich bin gerade erst angekommen.«

»Das freut mich. Und wie ich sehe, wurdest du bereits in Empfang genommen.« Grayson warf Celeste ein Lächeln zu.

»Ich hoffe nicht, dass ich in fremden Gefilden gewildert habe?«, erklärte dieser geheimnisvolle Mann mit einem Seitenblick auf Celeste.

»Was? Oh nein«, meinte Grayson mit einem Lächeln. »Celeste ist meine Schwester. Wurdet ihr euch noch nicht vorgestellt? Celeste, das ist mein guter Freund Driscoll

Spencer, Duke of Leeds. Driscoll, meine älteste Schwester Lady Celeste Brisbin.«

»Ich bin die Hauptfregatte«, fügte Celeste hinzu und hielt Spencer die Hand entgegen, die er nahm und einen Handkuss andeutete.

»Lady Brisbin«, murmelte er und verlor für einen Augenblick seine kühle Arroganz.

»Wie bitte?«, fragte Grayson neugierig an Celeste gewandt. »Von welcher Fregatte sprichst du?«

»Euer Gnaden war der Meinung, dass deine Schwestern ein Haufen aufgetakelter Fregatten sind. Wir hatten ein sehr aufschlussreiches Gespräch. Aber ich werde mich nun entschuldigen, um einen aussichtsreichen Verehrer zu finden, um in den Hafen der Ehe zu segeln.« Sie lächelte vielsagend, nickte den beiden Männern zu und machte auf dem Absatz kehrt.

»Mit wem hast du dich denn gerade unterhalten?« Mary sah sie voller Eifer an.

»Driscoll Spencer, den Duke of Leeds. Er ist ein Freund von Grayson und wurde von ihm persönlich eingeladen. Aber du brauchst dir keine Hoffnungen machen«, winkte sie ab.

»Warum nicht? Ist er bereits vergeben?« Mary blickte wieder hinüber zu den Männern, die sich angeregt unterhielten.

»Schau doch nicht so auffällig dorthin. Nein, er ist alles andere als verheiratet. Er ist kein Mann für die Ehe, das hat er mir gerade ausführlich erklärt. Ein äußerst unfreundlicher und von sich eingenommener Mensch. Ihn würde ich nicht wollen, selbst wenn er der einzige Mann auf der Welt wäre. Er ist hier, um etwas *Geschäftliches* mit Grayson zu besprechen. Es wird keine romantischen Verwicklungen geben, ich muss dich enttäuschen.« Celeste breitete den Fächer aus und wedelte sich Luft zu. »Mein Gott, ist es hier heiß.«

»So? Findest du? Oder liegt es vielleicht an diesem äußerst gut aussehenden Mann, dessen Charme und das Verwegene Aussehen es dir angetan haben?« Mary nickte zu Spencer hinüber. »Er ist ungemein groß, findest du nicht. Unter seinem Frack verbirgt sich mit Sicherheit eine gut gebaute Männerbrust.«

»Pssst«, zischte Celeste und blickte sich um, ob auch niemand in der Nähe sie belauschte. »Ich möchte mir gar nicht vorstellen, was sich darunter verbirgt. Was hast du nur für Gedanken?«

»Aber trotzdem tust du es«, urteilte Mary und schmunzelte. Sie blickte erneut zu den Männern und als Grayson ihren Blick kreuzte, sah sie verlegen zur Seite und ihre Wangen färbten sich rot.

Celeste bemerkte es, sagte aber nichts dazu. Sie wusste, dass Mary heimlich für Grayson schwärmte. Das hatte sie schon immer getan, aber nie etwas gesagt. Vielleicht würde sie dieses Geheimnis Celeste irgendwann einmal anvertrauen, doch bis dahin beobachtete sie sie nur und wartete darauf, dass Mary von allein etwas sagen würde.

»Was sind das für Geschäfte über die dein Bruder und dieser Spencer sich unterhalten?«, fragte Mary neugierig.

»Keine Ahnung, das hat er nicht erzählt, aber dem werde ich noch auf den Grund gehen.«

»Lady Celeste. Darf ich um diesen Tanz bitten?« Peer

Audley verbeugte sich vor ihr und sie stöhnte innerlich auf, schenkte ihm jedoch ein Lächeln. »Aber gerne, mein lieber Lord Goswins.« Sie reichte ihm die Hand und er führte sie zur Tanzfläche.

Das Orchester spielte zu einer Quadrille auf und Celeste war dankbar, dass es kein Walzer war, bei dem Audley sie ständig im Arm halten würde. Trotz ihrer Abneigung musste sie eingestehen, dass Audley ein guter Tänzer war. Wäre er nur nicht einen halben Kopf kleiner als Celeste und dazu auch noch jünger, könnte sie sich vorstellen, seinem Werben nachzugeben, doch so … Sie seufzte innerlich. Etwas, das sie seit dem Tod von Granny oft tat.

Celeste tanzte für ihr Leben gern und machte dabei eine gute Figur. Allerdings fühlte sie sich heute nicht ganz wohl. Sie spürte ein Augenpaar, das sie verfolgte. Als sie durch diverse Drehungen und Wendungen in die Nähe von Grayson kam, sah sie auch, wer sie beobachtete. Es war der Duke of Leeds, der sie nicht aus den Augen ließ. Er sah sie an, als wollte er sie zum Duell herausfordern. Was für ein hochmütiger Geselle. Obwohl er den Titel eines Dukes trug, so war sich Celeste nicht sicher, ob er wirklich adliger Herkunft war. Wenn sie länger darüber nachdachte, war sie sich sogar sicher, dass sein Benehmen, seine Sprache und auch die Bewegungen zu gewöhnlich waren, als wäre er ein Mann der Straße, der sich einen Titel erschwindelt hatte. Der Schein trügt nicht. Driscoll Spencer barg ein Geheimnis und Celeste war sich sicher, dass sie es lüften würde. Wenn er Geschäfte mit Grayson machen wollte, dann musste sie sichergehen, dass er kreditwürdig war und über einen guten Leumund verfügte. Sie sah in seinen Augen, dass es nicht so war, warum konnte sie nicht erklären, aber sie würde es herausfinden.

Driscoll Spencer hätte nicht gedacht, dass er sich an diesem Abend noch amüsieren würde. Nachdem er die Einladung vom Duke of Croyden erhalten hatte, freute er sich doch mehr darauf seinen Freund wiederzusehen und vielleicht auch die Gelegenheit zu bekommen, noch ein wenig über das Geschäftliche zu reden, als einer Frau Avancen zu machen. Er hatte erfahren, dass Grayson seine Schwestern verheiraten musste, bevor er das Erbe seiner Großmutter antreten konnte. Es war ja nicht so, als wäre er darauf angewiesen. Das Erbe seines Vaters hatte ihm nicht nur den Titel eines Dukes eingebracht, sondern auch ein beachtliches Vermögen. Aber auch die Dowager of Croyden war eine vermögende Frau gewesen und um an dieses Erbe zu gelangen, musste er dafür sorgen, dass seine fünf Schwestern jeweils einen passablen und ehrwürdigen Ehemann fanden, und am Ende er selbst in den Stand der Ehe trat.

Driscoll hoffte nicht, dass er eingeladen worden war, weil er als einer der Kandidaten in Betracht kam. Allerdings hatte er vermutet, dass die fünf Schwestern alle sehr unansehnlich waren, dass die Dowager zu so einer List hatte greifen müssen, weil es anders keine Möglichkeit gab, die Frauen in den Stand der Ehe zu führen. Aber er lag mit seinen Vermutungen falsch. Nachdem er Celeste und auch ihre Schwestern kennengelernt hatte, obwohl er nicht wusste, wen er da vor sich hatte, musste er feststellen, dass Graysons Schwestern allesamt äußerst hübsch waren. Und Celeste war dazu noch schlagfertig. Hübsch waren ihre Schwestern, alle durch die Bank weg. Aber Celeste, die Älteste, war mit einer außerordentlichen Schönheit gesegnet. Ihr hellblondes Haar, fiel ihr in großen Locken über den Rücken. Sie hatte ihn mit ihren dunkelblauen Augen angeschaut, und er hatte das Meer an einem aufgewühlten Tag darin gesehen. Seine vielen Jahre als Kapitän hatten ihn geprägt und er zog immer wieder Vergleiche, die ihn daran erinnerten, dass er die meiste Zeit auf dem Meer verbracht hatte.

Er würde noch einige Tage auf Croyden Manor verweilen und er freute sich schon darauf. Die Tage versprachen pure Aufregung. Es war interessant mitzuerleben, wen Celeste am Ende wählen würde. Vermutlich wurde sie die Ehefrau eines äußerst biederen Kerls, der sie zu Tode langweilte. Schade eigentlich, dass für ihn keine Ehe infrage kam. Es wäre sicherlich ein Erlebnis mit Celeste an seiner Seite. Sofort verwarf er diesen Gedanken wieder. Er hatte sich geschworen, dass er seine Freiheit nicht aufgeben würde und eine Ehefrau zu haben bedeutete, gefangen zu sein. Gefangen an Haus und Herd, an eine Frau, die seinen Freiheitsdrang nicht verstehen würde. Eine Frau auf See brachte Unglück, in seinem Leben ebenfalls. Es gab einen Grund, warum die einzige Frau an Bord nur die Galionsfigur war. Auch wenn er dem Leben auf See den Rücken gekehrt hatte, so blieb er dem Meer immer verbunden und wollte die Aussicht nicht aufgeben, jederzeit wieder in See zu stechen. Wenn auch nur in Gedanken, denn seine Verpflichtungen hielten ihn davon ab.

Eine Frau in einem gelben Kleid kam auf ihn zu und lächelte verschämt, fächerte sich Luft zu. »Ich glaube, gleich ist Damenwahl«, erklärte sie kokett. So aus der Nähe betrachtet, war sie älter als es schien und ging bereits auf die Vierzig zu.

»Ist das so?«, fragte Driscoll.

Sie nickte beflissen.

»Dann habe ich den Tanz bereits Lady Celeste versprochen. Danke für den Hinweis.« Er nickte ihr zu, drückte ihr sein Champagnerglas, von dem er nur genippt hatte, in die Hand, und machte sich auf die Suche nach der Dame, die noch nicht wusste, dass er ihr den Tanz versprochen hatte.

Celeste stand bei einer anderen jungen Frau und war umgeben von einigen jungen Männern. Gecken, die den Duft der Mitgift schnupperten.

»Entschuldigung, darf ich um den Tanz bitten, Lady Celeste?« Er hielt ihr die Hand entgegen.

Er sah, wie überrascht sie wirkte und den Mund öffnete, als wollte sie etwas sagen. Eine Ablehnung stand in ihren Augen. Doch dann bekam sie einen kleinen Schubs, der sie förmlich in seine Arme beförderte, zumindest griff sie nach seiner Hand, um Halt zu finden, und er schloss seine Finger fest um ihre. Nun konnte sie nicht mehr zurück. Ihre Wangen färbten sich vor Verlegenheit rot und er schmunzelte. Sie hatte nicht mit ihm tanzen wollen, doch jetzt gab es kein Zurück mehr.

Das Streichorchester spielte einen Walzer und Driscoll zog Celeste in seine Arme, führte sie gekonnt über das Parkett. Sie war für eine Frau recht groß, passte gut zu ihm. Es kam selten vor, dass er auf eine Frau traf, bei der der Größenunterschied nicht zu sehr ins Gewicht fiel. Sie bewegten sich wie eine Einheit, der Blick in ihre Augen sagte ihm jedoch, dass sie das hier nicht genoss.

»Sie wollten nicht mit mir tanzen, habe ich recht?«, fragte er, beugte sich leicht zu ihr, um ihr ins Ohr zu flüstern.

»Würden Sie an meiner Stelle mit Ihnen tanzen wollen, nach all diesen höflichen Komplimenten, die ich von Ihnen erhalten habe?«

Er schmunzelte. Sie war nicht auf den Mund gefallen und es gefiel ihm, dass sie nicht versuchte, etwas darzustellen, was sie nicht war. »Um etwas klarzustellen, für mich gibt es nichts Schöneres als eine Fregatte.«

Celeste verzog den Mund zu einer kleinen Fratze. »Was sind Sie?«

»Ein Fregattenkapitän.«

Frappiert blickte sie zu ihm auf und kam für eine Sekunde aus dem Takt. »Sie fahren zur See?«, fragte sie verwundert.

»Nicht mehr. Seit ich den Titel meines verstorbenen Cousins geerbt habe, kümmere ich mich um die Ländereien, die zu dem Titel gehören.«

»Oh und seit wann tun Sie das?«

»Seit fast einem Jahr. Ich gebe zu, die See fehlt mir, das Meer und der Tanz auf den Wellen liegt mir mehr, als ein Tanz auf blankem Parkett.«

»Dafür halten Sie sich aber sehr gut«, gab Celeste zu.

»War das jetzt ein Kompliment?«, wollte er wissen und zog sie ein wenig dichter an sich, um einem anderen Paar auszuweichen.

»Ich hätte Sie nicht für einen Mann gehalten, der nach Komplimenten fischt.«

»Das sehen Sie richtig. Ich fische ansonsten Wale oder Schwertfische.«

Als der Tanz endete, sah Driscoll einen Mann auf sie

zusteuern und Celeste stöhnte leise auf. »Oh nein«, murmelte sie.

Der Mann hatte Celeste fest ins Auge gefasst, als gehörte sie ihm. Dabei war er in Driscolls Augen eine Witzfigur. Den Kerl würde er am ausgestreckten Arm verhungern lassen. Er war einen ganzen Kopf kleiner als Celeste und auch viel zu jung für sie. Er hatte nicht wirklich vor, um sie zu werben und sogar zu ehelichen? Sah er denn nicht, wie lächerlich das war? Er sollte sich lieber eine Frau in seiner Liga suchen. Celeste war ihm vermutlich nicht nur körperlich überlegen, sondern auch geistig. Obwohl er kein Wort mit diesem Kerl gewechselt hatte, war Driscoll klar, dass dort nicht viel zu erwarten war. Auf ihn machte er den Eindruck eines langweiligen Mannes, mit einem langweiligen Leben, indem eine Frau wie Celeste, ein einsames Leben führen und welken würde, wie eine Rose ohne Wasser.

»Wie wäre es, wenn Sie mich durch Ihren Garten führen? Ihr Bruder hat erwähnt, dass Sie ein gutes Händchen haben, was die Rosenzucht angeht.«

Celeste sah ihn dankbar an. »Ja, sehr gerne, Euer Gnaden. Dort gelangen wir hinaus.« Sie wies auf eine der Terrassentüren, die weit geöffnet waren.

Sie wandten sich ab und Driscoll sah aus dem Augenwinkel, dass der Winzling abrupt stehenblieb. Driscoll nahm es mit Befriedigung auf.

»Danke, dass Sie mich vor den Marquis of Goswins gerettet haben. Ich weiß, dass Ihnen nicht an meinen Rosen gelegen ist, Euer Gnaden«, sagte Celeste, als sie einen Kiesweg im

Garten einschlugen und außer Hörweite der anderen Gäste waren.

»Sie verkennen mich, Lady Celeste. Ich interessiere mich sehr wohl für Ihre Blumen, auch wenn ich Sie gerne gerettet habe.« Er bot ihr den Arm an, damit Celeste sich unterhaken konnte. Die Sonne war bereits untergegangen und die Fackeln, die entlang der Wege aufgestellt worden waren, spendeten nur spärlich Licht, sodass der Kies auf dem Weg nur undeutlich zu erkennen war.

Celeste gab nach und nahm den angebotenen Arm. Sie war ihm wirklich dankbar, denn so wie es aussah, wollte Peer Audley sie erneut um einen Tanz bitten. Er schien wild entschlossen, um sie zu werben und Celeste wusste nicht, wie sie ihm einen Korb geben konnte, ohne ihn ernstlich zu vergrämen.

Sie erreichten den Rosengarten, der von einem kleinen Holzzaun umgeben war und Spencer öffnete das kleine Tor, ließ ihr den Vortritt.

»Diese Rose ist eine besondere Züchtung. Sie trägt den Namen Beatrice, weil meine Großmutter sie gezüchtet hat«, erklärte Celeste und deutete auf einen hellgelben Rosenstamm, der prächtige Blüten trug.

Driscoll schnupperte daran und sah sie enttäuscht an. »Sie riecht gar nicht.«

Celeste lachte leise. »Nein, das tun die meisten Rosen nicht. Ihre Schönheit finden Sie in den Blüten, in ihrem Aussehen und ihrer Form und Größe ihrer Köpfe, nicht in dem Duft.«

»Gibt es eine Rose, die Ihren Namen trägt?«

Sie nickte. »Ja, die gibt es und sie duftet sogar ein wenig nach Vanille.« Sie führte ihn tiefer in den Rosengarten hinein, der für den Rest der Gäste tabu war. Vor einer weißen Rose, die an den Spitzen leicht rosa gefärbt war, blieb sie stehen. »Die Belle Celeste. Auch eine Kreation meiner Großmutter.«

Driscoll beugte sich hinunter und roch. »Mhm, sie duftet wirklich, fein und sehr angenehm. Eine außergewöhnliche Rose. Sie gefällt mir und erinnert mich an Sie, Lady Celeste.«

Hitze stieg Celeste in die Wangen. Sie war es nicht gewohnt, dass man ihr Komplimente machte.

»Und welche dieser Rosen ist Ihre Kreation?« Der Herzog sah sich suchend um.

»Diese hier. Sie ist mein Liebling, weil ich die Farbe sehr liebe.« Sie deutete auf eine violette Blüte.

»Wirklich eine interessante Farbe. Ein zartes Violett. Wenn ich raten darf, ist ihr Schlafgemach in den gleichen Tönen ausgestattet.«

Verlegen lächelte Celeste. »Ist das so offensichtlich, dass es meine Lieblingsfarbe ist?« Warum machte er sich Gedanken über ihr Schlafgemach?

Driscoll warf einen Blick auf ihr Kleid und schmunzelte. »Es war nicht schwer zu erraten. Aber Violett steht Ihnen ausgezeichnet und schmeichelt Ihrem Teint, Mylady.«

Erneut ein Kompliment.

»Vielen Dank. Ich denke, wir sollten zurückgehen, man wird uns bereits vermissen.« Sie wollte gehen, doch er hielt sie auf.

»Warten Sie, Celeste. Sie sollten nicht den ersten Mann nehmen, der Ihnen einen Antrag macht«, sagte er im ernsten Ton.

Sie blickte auf seine Hand, die ihren Oberarm festhielt,

bis er sie losließ. »Wer sagt, dass ich überhaupt heiraten werde?«, fragte sie pikiert und verwundert über den abrupten Themenwechsel.

»Weil Sie eine Frau sind, der Pflichterfüllung ins Gesicht geschrieben steht. Sie würden niemals Ihren Bruder im Stich lassen. Also werden Sie heiraten, schon bald, damit die nächste Ihrer Schwestern sich einen Mann suchen kann.«

»Sie sind nicht mein Bruder, Euer Gnaden, daher wüsste ich nicht, warum ich das mit Ihnen besprechen sollte.«

Sie standen im Schatten eines hohen Rosenstamms, deren üppige Blüten sie vor der Sicht der Gäste, die den Weg entlang schritten, schützte. »Ich möchte einfach nicht, dass Sie den falschen Mann heiraten«, raunte er ihr zu.

»So? Und wer wäre in Ihren Augen der Richtige?«, fragte sie herausfordernd.

Driscoll trat näher. »Ein Mann, der aus Ihrem Leben ein Abenteuer macht«, erklärte er ganz nah an ihren Lippen, sodass sie sich fast berührten.

»Ich ziehe es vor, ein Leben in Ruhe und Frieden zu führen.«

Ungläubig sah er ihr tief in die Augen. »Warum glaube ich Ihnen das nicht, Mylady? Ich sehe in Ihren Augen, dass Sie Tristesse verabscheuen, genauso wie Hochmut, Dummheit und Oberflächlichkeit. Ich weiß es deshalb so genau, weil mir dieselben Dinge missfallen. Wir beide sind aus dem gleichen Holz geschnitzt, das können Sie mir glauben, Celeste.«

Er benutzte zum wiederholten Mal ihren Vornamen, was ihr ganz und gar nicht gefiel. »Wir sind nicht gut genug bekannt, dass Sie wissen, was mich bewegt, noch, dass Sie meinen Vornamen benutzen sollten«, sagte sie und wollte an ihm vorbei, doch mit einer schnellen Bewegung, zog er sie in seine Arme.

»Sie haben keine Ahnung, wie gut ich Sie bereits kenne. Und ich freue mich darauf, Sie noch viel besser kennenzulernen«, murmelte er und blickte ihr verlangend auf den Mund. Dann beugte er sich tiefer zu ihr und wenige Sekunden später lagen seine Lippen auf ihren.

Celeste war so überrascht, dass sie im ersten Augenblick stillhielt. Es war nicht ihr erster Kuss. Den hatte sie mit acht Jahren von Jonathan Babington bekommen, doch damals hatte dieser nur kurz ihre Lippen berührt und war dann schreiend weggelaufen. Dass Driscoll Spencer weglaufen würde, stand hier jedoch nicht zur Debatte. Er hatte sie fest im Griff und sie spürte, wie seine Zunge Einlass in ihren Mund forderte. Doch Celeste verbot es ihm. Sie wandte den Kopf und er ließ von ihren Lippen, hielt sie jedoch noch fest.

»Bitte, lassen Sie mich los, Euer Gnaden. Wenn uns jemand beobachtet, ist nicht nur mein Ruf ruiniert. Sie wissen, was davon alles abhängt. Auch der Ruf meiner Schwestern und das Erbe meines Bruders stehen auf dem Spiel. Sie sollten nicht damit spielen, nur um sich einen Spaß daraus zu machen.« Hilflos sah sie zu ihm auf.

»Ich werde Sie gehen lassen, Celeste, wenn Sie mir sagen, ob Ihnen der Kuss gefallen hat.« Seine Stimme war tief und nicht so sicher, wie sie erwartet hatte.

Doch was sollte sie antworten? Die Wahrheit? Sie konnte ihm keinesfalls sagen, dass sie von diesem Kuss träumen würde und er ihr sehr gefallen hatte.

»Nein, er hat mir nicht gefallen. Ich mag es nicht, wenn man sich einfach so meiner bemächtigt, und ungefragt einen Kuss stiehlt.«

»Warum glaube ich Ihnen nicht?«, fragte er erneut sanft und strich mit einem Daumen ihre Kinnlinie entlang.

»Weil Ihre Arroganz Ihrer Körpergröße entspricht«, gab sie frech zurück.

Er schmunzelte. »Ich denke, Ihr Selbstbewusstsein ist genauso groß wie meines, Lady Celeste.« Bevor er sie losließ, drückte er ihr erneut einen Kuss auf die Lippen. »Wir beide werden noch eine Menge Spaß miteinander haben.« Damit ließ er sie los und gewährte ihr einige Schritte Vorsprung, damit sie den Rosengarten verlassen konnte. Erst als das Haus in Sicht kam, schloss er wieder zu ihr auf, doch Celeste gönnte ihm nicht einen Blick.

KAPITEL 4

Juni 1850
Croydon Manor/zwischen London
und Saint Albans

Celeste war untröstlich, dass Mary mit ihrer Familie noch am gleichen Abend zurück nach London fuhr. Eigentlich verbrachten die Babingtons den Sommer auch immer in Saint Albans, doch das Landhaus wurde zurzeit umgebaut, sodass es keine Möglichkeit gab, dort zu wohnen.

Als sie am nächsten Morgen erwachte, hätte sie Mary gerne erzählt, was sich am Abend zuvor im Rosengarten zugetragen hatte. Doch so musste sie ihr Geheimnis erst einmal für sich behalten. Mit ihren Schwestern konnte sie nicht darüber sprechen, sie würden den Duke of Leeds für einen Verehrer halten, und die Situation total falsch verstehen. Celeste seufzte tief. Das musste sie sich unbedingt abgewöhnen, sie hörte sich an, wie ihre eigene Großmutter.

Sie würde nach dem Frühstück ein wenig im Rosengarten arbeiten, das sollte sie ablenken. Entschlossen rief sie nach Jane, ihrer Kammerzofe, damit sie sich ankleiden konnte.

»Welches Kleid möchten Mylady heute tragen?«, fragte Jane durch die geschlossene Tür.

»Das Roséfarbene. Und dazu die passenden Haarbänder, Jane.«

»Sehr wohl, Mylady.«

Celeste beeilte sich mit der Morgentoilette und Jane half ihr, das Mieder zu schnüren und die Krinoline anzulegen. Dann zog sie die Unterröcke und das roséfarbene Kleid darüber. Es hatte kurze Puffärmel mit Spitzenbesatz und schimmerte glänzend. Die Seide war von bester Qualität. Eigentlich war es viel zu fein, um damit im Garten zu arbeiten, aber aus irgendeinem Grund, über den sie nicht länger nachdenken wollte, wollte sie schön aussehen.

Am Frühstückstisch traf sie auf Rosalie und Valentine. Eugenie und Georgina gehörten zu den Menschen, die gerne lange schliefen und selten vor Mittag aufstanden, was Celeste nicht nachvollziehen konnte. Es gab doch nichts Schöneres, als am Morgen der Sonne dabei zuzusehen, wie sie den Himmel von der Nacht zurückeroberte.

»War es gestern nicht ein wunderschöner Ball?«, fragte Rosalie und biss von ihrem Toast ab.

»Das sagst du doch nur, weil es dein erster Ball war, an dem du teilnehmen durftest«, stichelte Valentine und Rosalie streckte ihr die Zunge heraus.

»Mädchen, bitte, hört auf zu streiten. Ich bekomme davon Kopfschmerzen.«

»Bist du dir sicher, dass es von unserem Streit kommt? Du warst gestern sehr lange mit dem Duke of Leeds im

Garten verschwunden«, erklärte Valentine und sah sie erwartungsvoll an.

»Was soll das denn heißen? Der Duke hatte mich gebeten, ihm die Rosen zu zeigen.« Celeste tat ganz ahnungslos.

»Bei Nacht?«, fragte nun auch Rosalie nach.

»Was wollt ihr denn von mir hören?« Celeste schüttete Milch in ihren Tee und trank einen Schluck. Als sie die Tasse absetzte, wurde es laut an der Tür und ihr Bruder betrat den Frühstücksraum, gefolgt vom Duke of Leeds. Sofort verstummte das Gespräch der Mädchen.

»Mylady's«, begrüßte Spencer die Frauen und nahm Celeste gegenüber Platz, während Grayson sich an das Kopfende des Tisches setzte.

»Ich hoffe, Sie haben in unserem Haus gut geschlafen?«, fragte Celeste höflich, denn die entstandene Stille war mehr als peinlich.

»Als wäre es mein eigenes Bett«, erklärte Driscoll und lächelte sie an.

»Ich hätte nicht erwartet, dass überhaupt schon jemand auf ist, außer Celeste«, sagte Grayson an die Mädchen gewandt.

»Celeste hat Kopfschmerzen, deshalb ist sie schlecht gelaunt«, petzte Rosalie und Celeste verdrehte die Augen.

»Frische Luft soll bekanntlich Wunder wirken. Vielleicht kann ich Mylady bei einem Spaziergang begleiten.« Der Duke sah sie fragend an.

»Ich hatte vor, nach dem Frühstück auszureiten«, erklärte Celeste, ihr eigentliches Vorhaben verwerfend.

»Das ist eine sehr gute Idee. Ich werde mein Pferd gleich

von Ihrem Stallknecht mit aufsatteln lassen«, rief Driscoll erfreut.

»Sie haben Ihr Pferd hierher mitgebracht?«, fragte Valentine überrascht.

Driscoll nickte. »Ja, ich bin zu Pferd angereist. Da ich nicht lange bleiben werde, habe ich auf meinen Kammerdiener verzichtet und nicht die Kutsche genommen.«

»Du hättest auf einem meiner Pferde ausreiten können«, bot Grayson an.

»Du kannst uns ja begleiten«, sagte Celeste voller Hoffnung, doch Grayson machte diesen Vorschlag sofort zunichte.

Er schüttelte den Kopf. »Ich habe heute Morgen noch zu arbeiten, etwas, was sich nicht aufschieben lässt. Ich danke dir, dass du dich in der Zeit um unseren Gast kümmerst, Celeste.«

Sie nickte und sah hilfesuchend zu ihren Schwestern, doch die lächelten sich nur verschwörerisch an. Von ihnen war keine Hilfe zu erwarten. Hatte sich denn jetzt die ganze Welt gegen sie verschworen?

Celeste ritt eine rotbraune Stute, die ein sanftes Gemüt hatte. Sie hatte das glänzende rosèfarbene Kleid gegen ihre Reitkleidung getauscht, und trug nun ein dunkelgrünes hochgeschlossenes Kleid, mit einem kleinen Umhang. Driscoll sah mit seinen engen weißen Reithosen und der schwarzen Jacke über einem weißen Hemd unverschämt gut aus. Sein Pferd war ein edler weißer Hengst von beeindruckender Größe. Ein wahrlich schönes Tier von guter Herkunft.

Sie ritten eine Weile einen schmalen Waldweg entlang, der es nur ermöglichte, hintereinander zu reiten. Am Morgen noch hingen dunkle Wolken am Himmel, doch sie hatten sich bis zum Mittag hin verzogen, und nun strahlte die Sonne an einem endlos blauen Himmel. Sie ritten am River Ver entlang, bis der Pfad sie in ein kleines Wäldchen führte, das ein wenig Schatten bot und herrlich duftete.

»Wo leben Sie, Mylord?«, wollte Celeste wissen und warf ihm über die Schulter einen Blick zu.

Als der Pfad breiter wurde, ritt er neben sie, was eine Unterhaltung einfacher machte, und sie sich in ihrem Damensattel nicht immerzu umdrehen musste. »Mein Landsitz liegt in der Nähe von Chatham, an der Küste. Ich habe der Frau meines Cousins das Stadt- und Landhaus überlassen. Ich wollte eine Witwe nicht auf die Straße setzen.«

Das war sehr rücksichtsvoll von ihm, normalerweise hätte die Witwe die Häuser für den neuen Duke räumen müssen.

»Aber Sie benötigen doch ein Stadthaus, wenn Sie Ihren Sitz im Oberhaus einnehmen wollen.«

Er nickte zustimmend. »Ich werde mir ein Haus in den nächsten Monaten kaufen. Grayson hat mir seine Hilfe angeboten ein angemessenes Anwesen zu finden.«

»Grayson ist immer sehr hilfsbereit.« Celeste hielt ihr Pferd an, als sie eine kleine Anhöhe erreichten, die den Blick auf Saint Albans freigab.

»Aus Ihrem Mund hört es sich an, als wäre es Ihnen nicht

recht.« Driscoll sah sie skeptisch an und stieg von seinem Pferd, band es an einem Baum fest und klopfte behutsam den Hals des Pferdes. Er drehte sich zu ihr um, nahm ihr die Zügel der Stute ab und band auch sie an dem Baum fest. Um ihr beim Absteigen zu helfen, umfasste er ihre Hüften und hob sie ganz langsam aus dem Sattel, ließ sie dabei nicht aus den Augen.

»Danke.« Celeste wandte sich ab, um einen gewissen Abstand zwischen sich und Driscoll zu bringen. Seine Präsenz war zu viel für sie, er nahm ihr die Luft zum Atmen, und machte sie ganz schwindelig.

»Sind Sie böse auf Grayson, weil er Sie in diese Lage gebracht hat?« Er ließ nicht locker, ging hinter ihr her, als Celeste sich dem Bach zuwandte.

»Sie irren sich. Grayson trägt nicht die Schuld an unserer Lage. Es ist Granny und ihr Erbe, das dafür verantwortlich ist. Aber es ist, wie es ist. Wir alle können nichts an der Situation ändern. Meine Schwestern wollen ohnehin lieber gestern als heute heiraten«, gab sie preis.

»Und Sie nicht, Celeste?«, fragte er leise.

Sie drehte sich um und funkelte ihn böse an, weil er schon wieder nur ihren Vornamen benutzte.

»Nein, ich hatte nicht vor, alsbald zu heiraten. Aber nun bleibt mir keine andere Wahl. Grayson trägt einen Titel und muss dafür sorgen, dass auch er bald heiratet, damit er einen Erben zeugt und der Titel in der Familie bleibt. Dem will ich nicht im Weg stehen.«

»Dann brauchen Sie aber bald einen Verehrer, der Ihnen den Hof macht und um Ihre Hand anhält.«

Was er nicht sagte.

»Es gibt Verehrer die mir den Hof machen und charmant sind«, log sie.

»Wen? Den Marquis of Goswins?«, fragte er feixend.

»Oh, Sie sind ein unmögliches Scheusal!«, rief sie aufgebracht und wollte an ihm vorbei, doch er hielt sie fest.

»Warten Sie, Celeste. Ich wollte Sie nicht verärgern, bitte entschuldigen Sie mein Benehmen.«

»Das tun Sie aber, vor allem wenn Sie mir vor Augen halten, welche Chancen ich auf dem Heiratsmarkt habe«, sagte sie wütend und hätte ihm gerne die Augen ausgekratzt. Dieser Mann war unmöglich und sie wollte nach Hause.

»Sie sollten sich nicht einfach einem Mann an den Hals werfen, der charmant ist, und Ihnen den Hof macht.«

Als wenn sie das täte. Celeste schnaufte. »Und dafür lieber einen Kerl, wie Sie einer sind, ungefragt küssen?« Vor Rage wurden ihre Wangen ganz heiß.

»Ich mag es, wenn Sie so aufgebracht sind, und Ihr wahres Gesicht zeigen. Sie haben Temperament, damit könnte ein Marquis of Goswins gar nicht umgehen.«

»Vermutlich nicht, Sie aber auch nicht.«

»Das sehe ich anders. Ich weiß mit einer Frau umzugehen.«

»Indem Sie sie ungefragt küssen?« Ihre beißenden Worte machten etwas mit ihm und sein Interesse an ihr, war kaum noch zu verbergen. Seine Augen flatterten kurz und er atmete laut aus.

Er zog sie dichter an seinen Körper. »Sie sollten mich nicht herausfordern, Mylady«, knurrte er.

»Guten Morgen Lady Celeste!« Eine Reiterin galoppierte an ihnen vorbei und sie winkte freundlich.

Erschrocken trat Celeste einige Schritt rückwärts und wäre beinah in den Bach gestürzt, hätte Driscoll sie nicht aufgefangen.

»Passen Sie auf.«

»Hilfe!« Sie ruderte mit den Armen und griff nach dem Erstbesten, dass sie zu fassen bekam. Es war Driscolls Hals und sie presste sich fest an ihn.

»Ich habe Sie. Bei mir sind Sie sicher«, raunte er ihr zu und sie spürte, wie schnell sein Herz schlug. Verwirrt blickte sie zu ihm auf. So aus der Nähe und im Schein der Sonne betrachtet, musste sie zugeben, dass er sehr gut aussah. So männlich und verwegen. Sie konnte sich ihn gut auf einem Schiff vorstellen und die weite Welt bereisen.

»Da bin ich mir nicht so sicher, Euer Gnaden«, flüsterte sie und war nicht in der Lage, ihren Blick abzuwenden. Seine vollen Lippen zogen sie magisch an. Ihr eigenes Herz hämmerte wild in ihrer Brust und sie war sich seiner Nähe sehr bewusst. Als er lächelte, sah er noch schöner aus. Noch nie war Celeste einem Mann begegnet, der so schön war. Sein markantes Kinn trug bereits wieder einen Bartschatten, obwohl er heute Morgen rasiert, zum Frühstück erschienen war. Er roch so gut, nach Leder und einer frischen Note, die sie an das Meer erinnerte.

»Wir befinden uns in einer prekären Lage. Wenn uns jemand sieht, könnte man uns schnell für ein Liebespaar halten«, murmelte er.

»Dann sollten Sie mich loslassen, denn ich habe einen Ruf zu verlieren.« Ihre Worte klangen atemlos, sie war nicht in der Lage, sich zu bewegen.

»Das kann ich aber nicht. Nicht bevor Sie mir einen Kuss gewähren.« Er sah sie provozierend an.

»Euer Gnaden, Sie wissen ...«

Er nickte. »Ja, ich weiß ...«, unterbrach er sie und senkte seinen Kopf.

Seine Lippen waren warm und Celeste hat es fast ersehnt, dass er genau das tun würde. Er küsste sie und ihre Arme zogen ihn dichter zu sich. Sie schien den Verstand zu verlieren, sich in aller Öffentlichkeit küssen zu lassen. Jedoch verlor sich Celeste in diesem Kuss. Sie wollte ihn nicht beenden. Sie wollte für immer in seinen Armen liegen und seine Wärme spüren.

Als dumpfe Pferdehufe auf dem Waldweg zu hören waren, ließ Driscoll von ihr ab, aber nicht, ohne sich zu versichern, dass sie fest auf beiden Beinen stand.

Celeste richtete ihre Reitkleidung und ging hinüber zu ihrer Stute, als Grayson in Sicht kam. Sie atmete schwer und musste sich zusammenreißen, damit sie nicht gänzlich die Fassung verlor und mit ihrem Verhalten preisgab, was gerade hier vorgefallen war.

»Grayson!«, rief sie aufgeregt und schob sich eine Haarlocke aus dem Gesicht.

»Wo bleibt ihr denn? Ihr seid schon Stunden unterwegs«, meinte Grayson anklagend, als hätten sie ein Verbrechen begangen.

»Ruhig Blut, mein Freund. Ich habe Lady Celeste gebeten, mir ein wenig die Umgebung zu zeigen. Wir scheinen die Zeit vergessen zu haben«, sprang Driscoll für Celeste in die Bresche.

»Du hattest mich doch gebeten, dass ich mich um den Herzog kümmere«, erinnerte Celeste ihren Bruder. »Warum machst du jetzt so einen Aufstand?«

»Du hast Besuch bekommen«, erklärte er nicht gerade freundlich.

Oh Gott! Bitte lass es nicht den Marquis of Goswins sein.

ging es ihr durch den Kopf. »So, wer ist es denn?«, fragte sie vorsichtig.

»Lady Mary Babington«, brummte er.

Ah, daher wehte der Wind. »Oh, und du warst also gezwungen sie an meiner Stelle zu unterhalten. Daher rührt also deine schlechte Laune. Wenn Ihr erlaubt, werde ich vorreiten und mich um meinen Gast kümmern, Euer Gnaden.« Sie verbeugte sich vor ihrem Bruder und warf Driscoll einen Blick zu, der sich anschickte, ihr aufs Pferd zu helfen. Ohne ein weiteres Wort und froh, der Situation zu entkommen, trieb sie ihre Stute an und ritt davon.

KAPITEL 5

Juni 1850
Croydon Manor/zwischen London
und Saint Albans

Langsam ritten Driscoll und Grayson zurück nach Croyden Manor. Der Duke of Croyden war merkwürdig still und Driscoll fragte sich, woran das wohl lag.

»Ist Lady Mary wirklich so schlimm, dass du die Flucht vor ihr ergreifen musstest?«, fragte er seinen Freund.

Grayson warf ihm einen kurzen Blick zu, zog die Augenbrauen zusammen. »Nein, natürlich nicht. Sie ist …« Er räusperte sich und ihm war anzusehen, dass er sich bei diesem Thema unwohl fühlte.

»Sie ist was?«, bohrte Driscoll nach.

»Sie ist … eine Frau.«

Der Duke of Leeds lachte laut auf. »Du bist tagtäglich umgeben von Frauen.«

»Ja, aber das sind meine Schwestern, Lady Mary ist anders.« Er verstummte erneut.

»Und was ist so anders an Frauen, die nicht deine Schwestern sind?«

»Spencer, warum interessiert dich das so genau?«

»Du willst also nicht raus mit der Sprache, daher vermute ich, dass eine Verwicklung dahintersteckt«, mutmaßte Driscoll und lächelte vielsagend.

»Warum bist du eigentlich so lange mit meiner Schwester unterwegs?« Es war ein jämmerlicher Versuch, das Gesprächsthema eine andere Richtung zu geben.

»Wenn ich dich erinnern darf, hast du Celeste darum gebeten, sich um mich zu kümmern, weil du unabkömmlich warst.«

»Celeste?« Grayson hob fragend eine Augenbraue.

Driscoll schwieg und sah sich die Gegend an. »Dein Landsitz ist wirklich groß genug, um hier eine Pferdezucht aufzuziehen. Ich denke, du wirst mich als Partner gewinnen können.«

»Ist das so? Oder steckt vielleicht etwas ganz anderes dahinter?«

Der Duke of Leeds versteifte sich. »Was soll denn dahinterstecken? Du hast mir eine Partnerschaft angeboten, nicht umgekehrt.«

»Vielleicht gefällt es dir ja hier auf Croyden Manor so gut, weil dir eine gewisse Frau gefällt?«

Driscoll schmunzelte. »Ist das deine subtile Weise, einen Ehemann für deine Schwester zu sichern?«, fragte er frei heraus und lachte laut auf.

»Celeste wird eine große Mitgift mit in die Ehe bringen. Sie ist nicht ganz unansehnlich und äußerst gebildet. Es könnte dich schlechter treffen.«

Ja, das könnte es. Dennoch schüttelte Driscoll den Kopf. »Es besteht keinen Grund, deine Schwester wie ein lahmes Pferd anzupreisen. Ich will dir mal etwas zu deiner Schwester sagen. Diese Frau benötigt keine Mitgift, um einen Ehemann zu finden. Sie ist nicht nur ansehnlich, sondern ausgesprochen schön. Celeste ist hoch intelligent und eine der besten Partien im Land. Sie hat es nicht nötig, dass man sie wie auf einer Auktion anpreist, und sie den Männern zum Bestaunen vor die Nase hält. Sie ist durchaus in der Lage, sich selbst einen Mann auszusuchen. Sobald ihr in London seid, wird es vor Verehrern nur so wimmeln. Du machst dir ganz unnötig Sorgen, mein lieber Grayson.«

Erstaunt hielt Grayson sein Pferd an und blickte Driscoll hinterher, der einfach weiterritt. »Du hörst dich wie ein verliebter Geck an!«, rief er seinem Freund hinterher, der als Antwort nur laut lachte.

Celeste war Mary vor Freude um den Hals gefallen. Sie hatten sich in den grünen Salon zurückgezogen, der nur von den Frauen benutzt wurde. Sie hatten sich auf das große Sofa gesetzt und blickten durch das geöffnete Fenster hinaus in den Garten. Hier hatten sie ihre Ruhe um zu plaudern, sich dem Gebäck zu widmen und an einer Tasse Tee zu nippen.

»Warum hast du mir nicht gesagt, dass du heute wiederkehrst?«, fragte sie überrascht.

»Weil Papa mir erst heute Morgen erklärte, dass ich eine Einladung vom Duke of Croyden erhalten habe, den Sommer hier auf Croyden Manor zu verbringen«, erklärte sie erstaunt.

»Was? Mein Bruder hat dich eingeladen?« Celeste traute ihren Ohren nicht. Konnte das wahr sein? Warum hatte Grayson nichts erwähnt? Dieser Mann blieb ihr ein Geheimnis. Wer konnte schon verstehen, was in Graysons Kopf vorging.

»Und jetzt erzähl mir, was du gestern so lange im Rosengarten mit dem Duke of Leeds getrieben hast«, wollte Mary wissen und griff nach ihren Händen.

»Du auch noch – nichts haben wir *getrieben.* Wie anzüglich sich das anhört! Wir haben uns über die Züchtungen unterhalten.«

Mary lachte leise. »Und diese Züchtungen haben dir die Röte in die Wangen getrieben und deine Lippen anschwellen lassen?« Ihre Freundin war wirklich eine gute Beobachterin.

»Was du immer siehst«, murmelte Celeste verlegen und knetete ihre Finger. Dann blickte sie Mary an. »Er hat mich geküsst«, flüsterte sie und wurde schon wieder rot.

»Nein!«, rief Mary laut.

»Doch«, gab Celeste zu und hielt sich einen Finger vor die Lippen. »Nicht so laut, das darf niemand erfahren, hörst du, wirklich niemand.«

Mary nickte verstehend. »Selbstverständlich. Du weißt, dass deine Geheimnisse bei mir sicher sind«, erklärte sie im Flüsterton. »Das ist ja so aufregend. Und wie hat dir der Kuss gefallen? Warst du aufgeregt? Ach, was frage ich, natürlich warst du es. Wer wäre es nicht. Mir ist das Herz bis zum Hals …«, abrupt verstummte sie.

Celeste wurde hellhörig und sah ihre Freundin perplex

an. »Du bist auch schon mal geküsst worden?«, fragte sie leise. Mary hatte nie etwas erwähnt.

Ihre Freundin biss sich auf die Unterlippe und nickte. Nun war sie es, deren Wangen sich feuerrot färbten.

»Wer war es und vor allem wann war es?« Celeste war nicht mehr zu bremsen. Sie wollte es genau wissen. Nicht, dass sie das Werben eines Verehrers annahm, auf den Mary ein Auge geworfen hatte. Das wäre ja schrecklich.

»Ich meine, nicht dass wir beide uns in den gleichen Mann verlieben.« Celeste griff zu den Händen ihrer Freundin und drückte sie, um ihr Mut zu machen.

»Das wird kaum möglich sein«, hauchte Mary und sah ihr in die Augen.

»Aber warum nicht. Wer hat dich geküsst, Mary?«

Es war ihr anzusehen, dass Mary allen Mut zusammennahm und Celeste in die Augen blickte. »Es war dein Bruder. Grayson hat mich geküsst.«

Während sie sich zum Abendessen fertig machte, ging Celeste das Gespräch mit Mary nicht mehr aus dem Kopf. Grayson hatte Mary geküsst! Was für eine Enthüllung.

»Wann?«, hatte Celeste wissen wollen.

»Im letzten Sommer. Wir hatten uns auf dem Sommerball gestritten, als er mich plötzlich an sich zog und mir einen Kuss gab. Danach ließ er mich los und rannte davon. Wir haben nie wieder darüber gesprochen«, begann sie zu erzählen.

»Worüber habt ihr euch denn gestritten?« Celeste wusste noch nicht einmal, dass sie sich überhaupt unterhalten hatten.

Mary hatte die Schultern gehoben. »Ich weiß es nicht mehr. Dieser Kuss, er hat mein Gedächtnis leergefegt. Ich weiß gar nichts mehr, ich kann mich nur noch an diesen Kuss erinnern.«

»Und hat es dir gefallen? Ich meine, dass es Grayson war, der dich als erster geküsst hat.«

Verlegen hatte Mary den Blick gesenkt. »Du weißt es doch, Celeste. Ich bin in Grayson verliebt, seit ich denken kann. Diesen Kuss werde ich niemals vergessen.«

Ja, da konnte Celeste nur zustimmen. Seinen ersten Kuss vergaß man nicht. Auch sie würde immer an ihren ersten Kuss denken. Driscoll Spencer war eben ein Mann, den man nicht so einfach vergaß. Nicht nur der Kuss würde ihr immer in Erinnerung bleiben.

Celeste lächelte ihrem Spiegelbild zu. Heute Abend hatte sie absichtlich eines ihrer schönsten Kleider angezogen. Ein weißes Kleid, das mit kleinen Rosen bestickt war. Der ausladende Rock ließ ihre Taille besonders schmal erscheinen. Die Puffärmel an den Oberarmen lenkten gekonnt den Blick auf ihre zarten, makellosen, freien Schultern. Sie legte sogar ein wenig Schmuck an, der perfekt in das Gesamtbild passte, und ihre Erscheinung vollendete. Ein paar Diamantohrringe, die sie zu ihrem achtzehnten Geburtstag geschenkt bekommen hatte, und zu ihrem Lieblingsschmuck zählte. Sie hatten ihrer Mutter gehört und sahen wunderschön an ihr aus. Sie atmete angestrengt aus und strich die Falten ihres Kleides glatt. Celeste war nervös und wusste noch nicht einmal warum. Es war ja nicht so, dass Driscoll Spencer um ihre Hand angehalten hätte. Wenn sie jedoch länger darüber nachdachte, würde sie sich wünschen, dass genau so ein Mann, wie er es war, ihr Ehemann würde.

Es klopfte an ihrer Tür und Celeste öffnete. Vor ihr stand Mary, die ebenfalls ein wunderschönes Kleid trug. Es war in Dunkelblau gehalten und mit kleinen Edelsteinen bestickt. Es sah aus wie der Sternenhimmel bei einer klaren Nacht. Marys weizenblondes Haar war hochgesteckt und einige Strähnen rahmten ihr herzförmiges Gesicht ein. Sie war nicht so schlank wie Celeste, aber das tat ihrer Schönheit keinen Abbruch.

»Bist du fertig? Deine Schwestern warten bereits unten.«

»Ja, ich komme sofort.« Celeste schloss die Tür ihres Zimmers hinter sich und gemeinsam schritten sie die Treppe ins Erdgeschoss hinunter.

In der Halle warteten nicht nur Eugenie, Georgina, Valentine und Rosalie, sondern auch Grayson und der Duke of Leeds. Sie mied seinen Blick, weil sie wusste, dass ihre Schwestern sie genau beobachteten und Mary dazu.

Als sie das Esszimmer betraten, wo eine lange Tafel gedeckt war, hielt Driscoll sie zurück.

»Lady Celeste, Sie sehen heute atemberaubend aus, wenn ich das sagen darf«, raunte er ihr zu.

Sie lächelte und schlug kurz die Augen nieder.

»Leisten Sie mir nach dem Essen noch ein wenig Gesellschaft?«, fragte er und wollte sie nicht gehen lassen, als sie einen Schritt tat.

»Wir werden sehen, was Grayson noch vorhat«, wich sie seiner Frage aus und betrat das Zimmer.

. . .

Das Essen fand in einer geselligen Runde statt. Es wurde erzählt, gelacht und sich gegenseitig geneckt. Besonders Driscoll hatte einiges über Grayson zum Besten zu geben, was ihm gar nicht gefiel. Das war natürlich ein gefundenes Fressen für seine Schwestern. Sie würden ihn noch Tage damit aufziehen, wie er bei einer Wette vom Pferd gefallen war. Alle fanden das lustig, außer Grayson.

»Vielleicht wären ein paar zusätzliche Reitstunden fällig«, erhob Mary ihre Stimme und auch Rosalie meinte: »Was wohl das arme Pferd gedacht haben muss.«

Wieder lachten alle.

Grayson warf Mary einen Blick zu, der ihr sagen sollte, dass es ihm gar nicht gefiel, hier im Mittelpunkt zu stehen, doch sie war ihm keine große Hilfe. Er hatte sie eingeladen, weil ihr Vater erwähnt hatte, dass der Landsitz der Familie Babington gerade umgebaut wurde, und Mary das Leben in der Stadt im Sommer sehr missfiel. Daher hatte er am frühen Morgen eine Kutsche nach London geschickt, die Mary nach Croyden Manor gebracht hatte. So war Celeste ein wenig abgelenkt, redete er sich ein und wusste wohl, dass er sich hier selbst betrug. Er hatte Mary nicht um Celeste Willen hierhergeholt, sondern weil ihm ihr Wohlergehen am Herzen lag. London war im Sommer kaum erträglich und so hatte er sie in seiner Nähe und konnte sie ansehen, wann immer ihm danach war. Er kannte Mary seit sie Kinder waren, und wusste nicht, wann er begonnen hatte, sich für sie zu interessieren. War es seit dem Tag, an dem er sie aus einem Impuls heraus geküsst hatte oder schon viel früher? Er wusste es nicht. In seinen Vorstellungen liebte er sie schon immer. Nur sagen konnte er es niemanden. Sie war neun Jahre jünger als er, doch das war ihm gleichgültig. Einzig, dass sie Celestes beste Freundin war, hielt ihm davon ab, um sie zu werben. Was würde geschehen, wenn seine Liebe nicht erwidert wurde? Es würde das Verhältnis zwischen Celeste und Mary für immer trüben, wenn nicht sogar schädigen. Dieses Risiko wollte er nicht eingehen. So behielt er lieber seine Gefühle für sich. Nicht einmal Driscoll erzählte er davon. Es war sein Geheimnis, so wie es der Kuss war. Sie waren über die Qualität eines Buches in Streit geraten. Mary hatte ihm einfach nicht zustimmen wollen und der Streit war so aus dem Ruder gelaufen, dass er sich nicht anders zu helfen wusste, als sie mit einem Kuss, zum Schweigen zu bringen. Er lächelte, als er an diesen Augenblick zurückdachte. Die leichte Röte auf ihren Wangen und wie verlegen sie doch war. Wie wundervoll sie geschmeckt hatte. So süß und zart. Er hatte immer noch ihren Geschmack auf den Lippen, selbst nach einem Jahr. Seither waren sie sich nur einmal begegnet, als Mary Celeste besucht hatte. Doch nun war sie den Sommer über hier in seiner Nähe und er würde dafür sorgen, dass er vielleicht einen Moment finden würde, um mit ihr zu sprechen. Möglicherweise auch über ihren Kuss.

Nach dem Essen, nachdem sie noch einen Mokka getrunken hatten, machten sich alle auf, zu einem kleinen Spaziergang.

»Wollen wir fangen im Irrgarten spielen?«, fragte Rosalie aufgeregt.

Alle stöhnten auf.

»Ach kommt schon, das wird lustig. Die Männer müssen die Frauen fangen. Schließlich sind wir gehandicapt mit unseren weiten Kleidern«, erklärte Valentine.

Grayson warf dem Duke of Leeds einen zweifelnden Blick zu. Von ihm war aber keine Hilfe zu erwarten, er hob nur die Schultern und grinste.

»Also gut«, gab Grayson nach. »Die Ladys haben eine Minute Vorsprung.« Er zog seine an einer Kette befestigten Taschenuhr aus seiner Weste und behielt so die Minute Vorsprung im Auge.

Sofort liefen die Frauen aufgeregt davon. Celeste sah sich im Vorteil, weil ihr der Irrgarten gut bekannt war. Grayson zwar auch, aber Driscoll nicht. Es würde ein Leichtes sein, sich vor ihm zu verstecken. Es gab einige Nischen, in denen sie sich verbergen konnte. Die hohen Buxbaumhecken waren mehr als acht Fuß hoch und dicht bewachsen. Als sie Schritte hinter sich hörte, lief sie schneller und rannte an der nächsten Ecke in Eugenie hinein, die laut aufschrie und lachte. Eugenie lief in die falsche Richtung und rannte prompt Graysons in die Arme.

»Eugenie ist aus dem Spiel!«, rief Grayson laut.

Das verräterische Kreischen von den anderen Mädchen war zu hören und Celeste lachte auf.

»Rosalie ist aus dem Spiel!« Das war Driscolls Stimme. Sie war sogar ziemlich nah. Als Celeste Schritte auf dem Kies hörte, versteckte sie sich in einer der Nischen und sah, wie der Duke an ihr vorbeilief. Sie wagte nicht zu atmen, aus Angst, er könnte es hören. Doch er bog um die Ecke, ohne sie zu sehen.

Erleichtert stieß sie den Atem aus, als plötzlich eine Hand von hinten nach ihr Griff. Sie stieß einen grellen Schrei aus, als sich eine Hand über ihren Mund legte. »Nicht so laut, sonst werden wir noch entdeckt«, flüsterte Driscoll ihr ins Ohr. Er hatte sich von hinten durch die Hecke gezwängt und presste sich nun an sie.

»Sie haben mich gefangen, ich bin raus«, sagte Celeste leise.

»Ja, sie sind meine Gefangene, damit haben Sie recht, Celeste. Allerdings gibt es etwas, womit Sie sich wieder freikaufen können.« Er sprach so leise, dass nur Celeste ihn hören konnte.

Sie konnte sich gut vorstellen, womit sie sich seiner Meinung nach freikaufen konnte, dennoch fragte sie ihn. »Womit?«, hauchte sie atemlos.

»Sie wissen, wo von ich spreche.«

»Einen Kuss?«

»Ja, ein Kuss, wäre ein guter Handel«, gab er zu.

Ohne lange darüber nachzudenken, drehte sie sich in seinem Arm herum, und drückte ihm einen flüchtigen Kuss auf die Lippen. Dann wollte sie sich von ihm lösen, doch er hielt sie fest.

»Das war doch kein Kuss«, flüsterte er entrüstet, zog sie an sich und küsste sie erneut. Diesmal nahm er sich, was er wollte. Ihren Mund in Besitz und seine Arme umschlangen dabei ihren Körper. Als jemand an ihnen vorbeilief, hob er seinen Kopf und sah ihr tief in die Augen, bedeutete ihr, sich nicht zu bewegen. Celeste hoffe, dass sie nicht entdeckt wurden. Ihr Herz schlug so schnell und sie hielt den Atem an. Sie konnte sich nicht erinnern, jemals so etwas Aufregendes getan zu haben. Als die Schritte sich entfernen, atmete sie erleichtert aus und begann zu kichern.

»Das ist wirklich verrückt«, sagte sie atemlos.

Driscoll schüttelte den Kopf und grinste. »Nein, das ist nicht verrückt, das ist ein Abenteuer, Celeste. Wie für uns gemacht.« Er bog die Zweige auseinander, damit Celeste ihr Versteck verlassen konnte und als sie an ihm vorüberging, drückte er ihr einen kleinen Kuss auf den Hals. »Celeste«, rief er hinter ihr her und sie drehte sich um.

»Ja, Driscoll.« Sie benutzte zum ersten Mal seinen Vornamen und er kam ihr ganz natürlich über die Lippen, als hätte sie ihn schon hundertfach ausgesprochen.

»Von diesen Abenteuern werden wir noch viel mehr erleben.« Dann erhob er seine Stimme. »Celeste ist gefangen und aus dem Spiel!«, rief er laut und grinste vielsagend.

KAPITEL 6

Juni 1850
Croydon Manor/zwischen London
und Saint Albans

Grayson hatte Driscoll zu einer Geländebesichtigung eingeladen, an der er gerne teilnahm. Er musste aus dem Haus, weg von Celeste Brisbin, die so verführerisch auf ihn wirkte. Dieser Ausritt mit Grayson war da eine gute Gelegenheit, ihrer Sinnlichkeit zumindest für einen halben Tag zu entkommen. Sie waren eine halbe Meile vom Haupthaus entfernt, wo bereits die Ausschachtungsarbeiten für die Pferdeställe in vollem Gange waren und in Sichtweite kamen.

»Guten Morgen, Euer Gnaden!«, rief der Vorarbeiter und schob seine Mütze tiefer in den Nacken. Er blickte aus der Grube, zu den beiden Männern hinauf.

»Guten Morgen, Ward! Wie gehen die Arbeiten voran?«, wollte Grayson wissen.

»Sehr gut, Euer Gnaden. Wenn es so weiterläuft, werden wir Ende der Woche mit den Ausschachtungen fertig sein, und den Boden einbauen können. Dann folgen die Stützbalken.« Ward wischte sich mit dem Ärmel seines Hemdes über die Stirn. Es war verdammt heiß an diesem Morgen.

»Sehr gut! Ich möchte Ihnen den Duke of Leeds vorstellen. Wir werden gemeinsam das Gestüt betreiben.«

»Euer Gnaden.« Ward verbeugte sich.

»Ward ist unser Baumeister. Der Beste, den du in England finden wirst«, erklärte Grayson.

»Mister Ward! Ich freue mich, Sie kennenzulernen. Das sieht nach einer guten Arbeit aus«, erklärte Driscoll und nickte dem Mann zu.

»Vielen Dank, Euer Gnaden. Wir geben uns Mühe.«

Driscoll schwang sich von seinem Pferd und trat an die Grube, nickte den Männern zu, die unter Wards Anweisungen die Erde abtrugen. Grayson gesellte sich zu ihm. »In meinem Arbeitszimmer werde ich dir später die Baupläne zeigen. Hier entstehen die Stallungen, dort eine Reithalle und dahinter«, er zeigte in nördliche Richtung, »wird es einen Dressurplatz geben.«

Driscoll nickte zustimmend und versuchte, sich das alles vorzustellen. Er brauchte eine neue Aufgabe, jetzt wo er nicht weiter zur See fahren konnte. Aber sein Sitz im Oberhaus war zu wichtig, als dass er über Monate abkömmlich war. Es war ein Wink des Schicksals, als sein Freund Grayson ihm von der Idee eines Gestüts erzählt hatte, er aber noch einen Partner suchte, der sich die Arbeit mit ihm teilen wollte.

»Das Grundstück, das an Croyden Manor grenzt, steht zum Verkauf. Ich trage mich mit dem Gedanken es vielleicht zu erwerben. Allerdings ist mir der Preis viel zu hoch.«

»Warum wird es verkauft?«, wollte Driscoll wissen.

»Der Baron of Seymour ist verstorben, ohne einen Erben zu hinterlassen. Seine Witwe hat das Land geerbt, weil es keinen weiteren Verwandten gibt, will sie es jetzt verkaufen. Sie will in die Stadt ziehen, aber dort sind die Häuser teuer. Der Baron hat ihr nichts, als das Land hinterlassen. Zu dem Grundstück gehört ein gut erhaltenes Landhaus. Es ist klein aber sehr schön gelegen, nur hätte ich keine Verwendung dafür. Ich denke, ich werde mich wohl nach einem anderen Grundstück umsehen müssen, dass an die Landgrenze von Croyden Manor grenzt.«

Driscoll hatte interessiert zugehört und in seinem Kopf formte sich eine Idee. »Ich besitze ein Landhaus in der Nähe von Chatham. Es liegt an der Küste, aber unvorteilhaft entfernt von London und Croyden Manor. Wie wäre es, wenn ich es verkaufe und mich hier in Saint Albans niederlasse? Es wäre für alle von Vorteil.« Er sah seinen Freund fragend an, der lächelnd nickte.

»Ja, weiß Gott, es wäre sehr von Vorteil. Besonders wenn du wieder einmal meine Schwester vermeintlich ungesehen küssen willst.«

Driscoll blickte Grayson verlegen an.

»Ich habe gesehen, wie du Celeste den Weg aus der Hecke zeigtest. Mir war nicht klar, dass du gefallen an ihr findest. Aber dir ist schon klar, dass du sie damit in Gefahr bringst. Wenn euch jemand außerhalb der Familie entdeckt hätte und es Gerüchte über eine Liaison gibt, machst du ihre Chancen auf eine gute Partie zunichte. Celeste ist ein liebes Mädchen und das hätte sie nicht verdient, dass ein Skandal ihr das Leben schwer macht, und sie von der guten Gesellschaft gemieden wird.«

In Gedanken versunken hatte Driscoll den Worten seines Freundes gelauscht und er nickte zustimmend.

»Darf ich erfahren, was deine Absichten sind?«, setzte ihm Grayson nun die Pistole auf die Brust.

Sein Blick ging in die Ferne, bis er Grayson direkt in die Augen blickte. »Wenn du hoffst, dass ich deiner Schwester den Hof mache, so muss ich dich enttäuschen. Ich bin kein Mann für die Ehe. Ich lasse mich nicht gerne wegschließen. Celeste ist bei weitem kein Mädchen mehr, sondern eine sehr verführerische Frau, der ich nicht widerstehen kann.«

»Aber nicht verführerisch genug, um sie vor den Traualtar zu führen. Dann bitte ich dich inständig, dass du dich von ihr fernhältst. Du solltest ihr nicht unnötig Hoffnungen machen, wenn es keine Aussicht darauf gibt. Ich möchte nicht, dass man die Gefühle meiner Schwester verletzt. Wenn wir eine Partnerschaft eingehen wollen, sollte das nicht unsere Beziehung belasten.«

»Das wird es nicht. Ich werde mich von ihr fernhalten. Ich habe einen Fehler gemacht und möchte mich dafür entschuldigen«, sagte Driscoll mit belegter Stimme.

»Noch ist ja nichts geschehen. Es gibt keinen Grund, sich zu entschuldigen. So hoffe ich doch.«

Langsam schüttelte Driscoll den Kopf. »Nein, es ist nichts geschehen und wird es auch nicht.« Er wandte sich ab und wagte es nicht, seinem Freund in die Augen zu blicken, denn so ganz vertraute er seinen Worten selbst nicht.

. . .

Celeste und Mary saßen im Garten unter der alten Kastanie und tranken Zitronenlimonade.

»Wollen wir morgen nach Saint Albans fahren? Ich brauche neue Stickgarne«, erklärte Celeste an Mary gewandt, mit einem Seitenblick auf Rosalie. Ihre Schwester hatte sich zu ihnen gesellt, sodass sie kein Wort über Grayson oder Driscoll wechseln konnten, ohne dass es Rosalie auffiel.

»Ja gerne«, erklärte Mary begeistert.

»Nehmt ihr mich mit? Ich möchte mir neue Bänder kaufen und vielleicht auch ein neues Buch.«

Innerlich verdrehte Celeste die Augen, doch sie nickte ihrer jüngeren Schwester freundlich zu. »Natürlich. Du musst nur früh aufstehen. Wir werden direkt nach dem Frühstück aufbrechen.«

Rosalie sprang begeistert auf. »Ich werde Grayson direkt nach ein paar Schilling fragen.« Sie rannte los, ohne dass Celeste ihr erklären konnte, dass Grayson gar nicht im Haus war. Zumindest ergab sich so für einen Moment die Möglichkeit, mit Mary allein zu sein.

»Hat Grayson mit dir gesprochen?«, fragte Celeste schnell und senkte ihre Stimme. Sie sah sich um, ob auch niemand in der Nähe war. Von ihren Schwestern war keine Spur zu sehen, das machte sie nervös.

Mary schüttelte den Kopf. »Nein, er sieht mich noch nicht einmal an. Ich denke, er hat mich wirklich nur hierhergeholt, um dir einen Gefallen zu tun.« Sie hörte sich enttäuscht an, doch Celeste wusste, dass sie es nicht so meinte.

Als Mary Celeste anblickte, wurde ihr klar, was sie da gerade gesagt hatte. »Oh Gott, so meinte ich das nicht. Das weißt du hoffentlich.«

Celeste lächelte. »Natürlich, meine Liebe. Ich weiß, was du sagen wolltest. Ich kann dich ja verstehen. Aber Grayson war schon immer ein Mann, der mit seinen Gefühlen hinter dem Berg gehalten hat. Dass er dich geküsst hat, hat mich wirklich sehr überrascht. So etwas hätte ich ihm gar nicht zugetraut.« Sie lächelte ihre Freundin an und folgte ihrem Blick, der zur Terrasse hinüber ging.

Dort sah sie Grayson mit Driscoll auf sie zukommen. Sie griff nach ihrem Glas und nahm einen Schluck, Mary tat es ihr gleich. Irgendwie wirkten beide doch sehr verdächtig, mit ihren roten Wangen.

»Warum will Rosalie zehn Schillinge von mir?«, fragte Grayson schlecht gelaunt.

»Hallo, Grayson, dir auch einen schönen Tag. Nimm doch Platz«, sagte Celeste und deutete auf den freien Stuhl neben Mary.

»Ja natürlich, ich wünsche den Ladys einen schönen Nachmittag.« Er blickte kurz zu Mary, die ihm zunickte.

»Lady Mary, Lady Celeste«, begrüßte Driscoll sie und setzte sich zu Celeste auf die kleine Bank. Bei seiner Größe schrumpfte diese scheinbar auf die Größe einer Puppenhausbank. Celeste rückte ein wenig zur Seite, um ihm Platz zu machen und ihn nicht zu berühren, doch es half nur wenig.

»Ich werde morgen früh mit Mary und Rosalie nach Saint Albans fahren. Ich brauche neue Stickgarne und Rosalie möchte neue Bänder kaufen.«

»Wir können bald selbst einen Laden für Bänder

aufmachen«, kommentierte Grayson ihr Anliegen. »Warum bin ich mit fünf Schwestern gestraft?« Er blickte zum Himmel, als würde er ein Zwiegespräch mit seiner toten Mutter führen.

»Du kannst froh sein, dass du der Erstgeborene bist. Fünf ältere Schwestern wären wesentlich schlimmer. Also höre auf, dich zu beschweren«, erklärte Celeste und Mary lachte leise.

»Ich brauche morgen die Kutsche. Ich will mit Driscoll hinüber zu der Baroness of Seymour«, erklärte er knapp.

»Aha und warum, wenn ich fragen darf?« Nun war Celeste neugierig. Ich hatte keine Ahnung, was die beiden Männer von der Witwe wollten. Sie war bereits über sechzig Jahre alt und wenn sie es richtig in Erinnerung hatte, wollte sie bald in die Stadt ziehen.

»Ich habe vor, die Ländereien der Witwe zu kaufen. Wie ich gehört habe, soll das Landhaus sehr ansehnlich sein«, erklärte Driscoll.

»Stehen sie denn zum Verkauf?« Celeste hatte bisher noch nichts davon gehört. Sie blickte weiter zu ihrem Bruder, hatte Angst, dass ein Blick zum Herzog ihre Gefühle offenbaren würde.

Grayson nickte. »Ja, Sie braucht das Geld, um ein Haus in London zu kaufen. Die Preise sind in den letzten Jahren erheblich gestiegen und der Baron hat ihr so gut wie nichts hinterlassen, außer das Landgut.«

»Aber Sie leben doch in Chatham«, meinte Celeste und sah Driscoll nun doch direkt an.

»Das ist richtig, Lady Celeste, aber ich habe vor, meinen Lebensmittelpunkt hierher zu verlegen.«

Diese Nachricht verwunderte Celeste nicht so sehr, wie

die Neuigkeit, dass sie plötzlich wieder Lady Celeste war. Etwas hatte sich verändert und sie wusste nicht, was es war. Hatte sie etwas falsch gemacht? Ihn vielleicht beleidigt? War sie gestern zu forsch vorgegangen? Hielt er sie für liederlich, weil sie seinen Kuss erwidert hatte? Tausend Fragen rasten durch ihren Kopf, ohne dass sie sie aufhalten konnte.

»Liegt London von hier aus so viel näher als Chadham?«, wollte Mary wissen.

»Es liegt nicht nur an der Nähe. Driscoll und ich werden ein Gestüt betreiben. Wir werden dafür jeweils einen Teil unserer Grundstücke zur Verfügung stellen.«

»Ein Gestüt? Ihr wollt Pferde züchten?« Mary war vollends begeistert. Sie war eine passionierte Reiterin und liebte Pferde über alles. Etwas, was sie mit Grayson gemein hatte.

Celeste war überrascht, nicht nur über die Idee, sondern eher darüber, dass Grayson so bereitwillig über seine Geschäfte sprach. Es war nicht seine Art, Ideen mitzuteilen, bevor alles in trockenen Tüchern war. Sie nickte. »Das ist wirklich eine gute Idee.«

»Celeste hast du einen Augenblick für mich, ich würde dich gerne in meinem Arbeitszimmer sprechen.« Grayson erhob sich.

»Driscoll, leistest du Lady Mary in der Zwischenzeit ein wenig Gesellschaft?«, fragte Grayson seinen Freund, obwohl es weniger als Frage formuliert war.

Driscoll nickte. »Gerne, wenn ich auch ein Glas Limonade bekomme. Die Hitze bringt mich heute um.«

»Aber gerne doch, Euer Gnaden«, erklärte Mary und schenkte ihm ein Glas ein. Er bedankte sich mit einem

Lächeln, was Grayson gar nicht zu gefallen schien, wenn man seinen Ausdruck deuten konnte.

Celeste hob ihre Röcke an und begab sich ins Haus, wo es wesentlich kühler war. Jetzt wusste sie, warum von ihren Schwestern nichts zu sehen war, sie hatten sich auf ihre kühlen Zimmer zurückgezogen. Sie fragte sich, was Grayson wohl mit ihr so Wichtiges zu besprechen hatte, dass er es unter vier Augen in seinem Arbeitszimmer tat?

KAPITEL 7

Juni 1850
Croydon Manor/zwischen London
und Saint Albans

Celeste ließ sich vor dem Schreibtisch ihres Bruders nieder, Grayson setzte sich dahinter. Er saß gerade auf dem Stuhl und zog eine Karte aus einem Stapel von Briefen hervor, die auf dem Tisch verteilt lagen.

»Ich habe heute ein Schreiben vom Marquis of Goswins erhalten«, begann er und sofort seufzte Celeste innerlich auf. Sie saß stocksteif da und ließ ihren Bruder weiterreden. »Er bittet mich darin, um dich werben zu dürfen.«

»Nein«, rief sie entschieden und sprang auf die Füße.

»Bitte setze dich, Celeste. Lass uns in Ruhe darüber sprechen.« Er hob eine Hand.

»Nein, ich weigere mich, diesen … Jungen als meinen

Ehemann überhaupt in Betracht zu ziehen.« Allerdings nahm sie wieder Platz, doch ihr Gesichtsausdruck sprach Bände.

»Celeste, wir sollten in aller Ruhe das Für und Wider abwägen. Was spricht denn gegen Peer Audley?«, wollte Grayson von ihr wissen. »Er stammt aus einer guten Familie.«

»Ja, das ist richtig, seine Familie ist von tadellosem Ruf. Aber er ist viel jünger als ich«, brachte sie sofort vor.

»Das wird in zehn Jahren niemand mehr bemerken.«

»Er ist viel kleiner als ich.«

»Nun, ich dachte nicht, dass du ein Mensch bist, der sich von Äußerlichkeiten leiten lässt.«

»Ich hege keinerlei Gefühle für ihn, von Liebe mal ganz abgesehen.«

»Als wenn Liebe bei einer Ehe eine große Rolle spielt?«

Celeste stöhnte leise auf. Warum brachte ihr Bruder jedes Mal ein Gegenargument, egal was sie sagte? »Ich habe mich in einen anderen Mann verliebt«, gab sie offen zu und sah ihm eindringlich in die Augen.

Nun verstummte er für einige Sekunden und drehte die Karte des Marquis in den Händen. »Du hast also dein Herz verloren? Ich hoffe an einen Mann, der es auch verdient.«

Celeste wollte etwas sagen, doch Grayson war noch nicht fertig. »Falls es sich dabei eventuell um einen gewissen Herzog handeln sollte, mit dem ich zufällig eng befreundet bin, so muss ich dich enttäuschen. Er hat kein Interesse an dir oder einer deiner anderen Schwestern. Er gehört zu den Männern, die nur ihren Spaß suchen und du solltest dir dafür zu schade sein. Dein Ruf könnte leiden und dir eine Heirat mit einem Mann vereiteln, der wirklich an dir interessiert ist. Es tut mir leid, Celeste, dir diese Nachricht zu überbringen, aber ich halte es für notwendig, bevor es zu spät ist. Auch wenn das Testament uns diese Ehen auferlegt, so will ich, dass du dein Glück findest. Dabei, auf den falschen Mann zu setzen, kann dich nur ins Unglück führen. Vermutlich höre ich mich herzlos an, aber ich liebe dich und will dich beschützen, vor allem will ich dich glücklich wissen.«

Celeste musste die Tränen, die sich in ihren Augen sammelten, zurückdrängen. Sie wollte hier nicht vor ihrem Bruder weinen. Dennoch wurde ihr das Herz schwer. Ihr Bruder war nur der Überbringer der Nachricht, er konnte nichts dafür. Sie riss sich zusammen und blickte ihn an. »Danke, Grayson, dass du so ehrlich zu mir bist. Das weiß ich zu schätzen. Dennoch lehne ich sein Werben ab. Den Marquis of Goswins werde ich nicht zum Mann nehmen, und wenn er der einzige Mann auf der Welt wäre. Ich werde einen Ehemann finden, schon bald. Du kannst dich auf mich verlassen.« Celeste drückte den Rücken durch, verließ erhobenen Hauptes das Zimmer und ihr Stolz stand ihr ins Gesicht geschrieben. Sie würde sich nicht unterkriegen lassen. Selbst nicht von einem Herzog.

In ihrem Schlafgemach richtete sich wieder her und erschien zum Abendessen, als wäre nichts geschehen. Rosalie nahm nicht an dem gemeinsamen Essen teil, weil sie Kopfschmerzen hatte.

»Vermutlich hat sie einen Sonnenstich, ich habe ihr gesagt, dass sie lieber im Haus bleiben soll, weil es draußen viel zu heiß war, um im Garten ungeschützt in der Sonne zu sitzen«, erklärte Eugenie und löffelte Rosalies Pudding, den es zum Nachtisch gab.

»Wir haben von den Bennetts eine Einladung zu dessen Ball erhalten, wie jedes Jahr«, erklärte Grayson. »Ich werde wie jedes Jahr absagen.« Er blickte Celeste an.

»Nein«, sagte sie schnell, »vielleicht sollten wir dieses Jahr daran teilnehmen. Es ist kindisch immer noch an der alten Fehde festzuhalten.«

Sie bemerkte, dass Driscoll sie fragend anblickte, ging aber nicht darauf ein, sah ihn noch nicht einmal an. Sie hatte nun verstanden, was das *Lady Celeste* zu bedeuten hatte und wusste damit umzugehen. Er hatte sich mit ihr seine Zeit vertrieben, hatte sie dazu gebracht, ihn zu küssen und sich küssen zu lassen. Doch dafür stand sie in Zukunft nicht weiter zur Verfügung. Sie kam sich so dumm und unerfahren vor, aber auch benutzt. Celeste war nur froh, dass niemand jemals davon erfahren würde. Sie war noch einmal davongekommen und das hatte sie Grayson zu verdanken. Nein, sie war nicht böse auf ihren Bruder, sie war ihm sogar sehr dankbar.

»Unsere Mutter und Lady Eliza Bennett, die Ehefrau des Earl of De Lacy, waren beste Freundinnen, bis sie ein Zwist entzweit hat. Seitdem lehnen wir immer die Einladungen gegenseitig ab«, erklärte Grayson in die Runde. »Vielleicht hat Celeste recht und wir sollten die Hand zur Freundschaft reichen. Es ist schon so lange her, dass sich niemand mehr genau daran erinnern kann, was damals vorgefallen ist.«

»Die Bennetts haben vier Söhne, alle in unserem Alter und bestimmt auch auf der Suche nach einer geeigneten Ehefrau«, sagte Valentine und lächelte.

»Vier potenzielle Kandidaten«, sagte Mary und lachte auf, während Driscoll aussah, als hätte er plötzlich fürchterliche Zahnschmerzen.

. . .

Nach dem Abendessen begaben sich alle auf ihre Zimmer. Der Tag war lang und heiß gewesen, und niemandem stand der Sinn nach einer weiteren Unterhaltung. Mary hatte bereits ihr Nachtgewand angezogen und ihre Zofe das Zimmer verlassen, als es an ihre Tür klopfte. Das konnte nur Celeste sein, wer sollte sonst an ihre Tür klopfen.

Sie sprang aus dem Bett und öffnete, fuhr erschrocken zusammen, als sie entdeckte, dass es Grayson war. »Euer Gnaden«, hauchte sie erschrocken.

»Lady Mary, darf ich Sie einen Augenblick sprechen?«

»Ja, natürlich.« Sie öffnete verwirrt die Tür einen Spaltbreit weiter, um ihn ins Zimmer zu lassen.

Grayson schaute nach rechts und links, ob sich auch niemand auf dem Flur befand und trat dann schnell ein, schloss die Tür hinter sich.

Verlegen griff Mary nach einem dünnen Morgenmantel, den sie über ihr Nachtgewand zog. Es war ihr peinlich, dass Grayson sie so sah. Das Haar offen über der Schulter hängend, von einer Frisur weit entfernt, dazu im Nachtgewand und barfüßig. »Bitte entschuldigen Sie, dass ich nicht passend angezogen bin.«

Er selbst trug auch einen Morgenmantel, aber immer noch seine Hosen, Stiefel und das Hemd, das allerdings bis zur Taille offenstand und den Blick auf seine Brust freigab, als wäre ihm zu heiß geworden. »Sie müssen sich nicht entschuldigen, Lady Mary. Ich bin es, der sich entschuldigen muss, Sie zu dieser Stunde aufzusuchen.« Er strich sich über das Haar, das ein wenig zerzaust war und eine Locke ihm in der Stirn fiel.

Es juckte Mary in den Fingern, sie ihm aus dem Gesicht zu streichen, doch sie hielt sich zurück. Ihn zu berühren war ausgeschlossen. Schließlich waren sie kein offizielles Paar.

Sie wartete darauf, dass er sich erklärte, was er so spät noch von ihr wollte, noch dazu in ihren Privatgemächern, doch er sagte nichts.

»Wie kann ich Ihnen helfen? Ist etwas mit Celeste?«, fragte sie daher.

»Was? Nein. Bitte entschuldigen Sie …« Er entschuldigte sich schon wieder und sah verwirrt aus. »Ich sollte lieber wieder …« Er drehte sich zur Tür.

Doch Mary wollte nicht, dass er ging. Er hatte wohl allen Mut zusammengenommen, der ihn jetzt im Stich ließ. »Nein, warten Sie, Euer Gnaden«, hielt sie ihn auf. Er hatte bereits seine Hand auf den Türknauf gelegt und sie griff ebenfalls danach. So landete ihre Hand auf seiner. Anstatt sie wegzuziehen, beließ Mary sie dort und schloss ihre Finger darum. »Bitte, sagen Sie mir, warum sind Sie hier.«

»Ich sollte nicht in diesem Zimmer sein«, sagte er, ohne sie anzusehen.

Sie waren sich so nah, dass sie seine Wärme spüren konnte. Ihr Blick ging zu den dunklen Brusthaaren, die unter dem offenen Hemd sichtbar wurden. Wie gerne hätte sie ihn berührt, doch sie wagte es nicht.

Grayson ließ den Türknauf los und die Verbindung ihrer Hände brach ab. »Ich wollte Sie fragen, da der Duke of Leeds und ich morgen die Kutsche benötigen, ob Sie uns zusammen mit Celeste begleiten wollen. Wir könnten zu dem Landhaus der Seymours fahren und danach gemeinsam nach Saint Albans, wenn es Ihnen recht ist. Die große Kutsche ist wesentlich angenehmer bei dieser Hitze.«

Mary lächelte. »Sehr gerne, Euer Gnaden. Es würde mich freuen und ich denke, Celeste wäre auch begeistert.«

Grayson nickte und blickte ihr endlich in die Augen. Er hatte so wunderschöne Augen. Hellblau die zum Rand hin dunkler wurden. Mary hatte noch nie die Gelegenheit dazu bekommen, sie so genau aus der Nähe zu betrachten.

»Bitte nennen Sie mich doch Grayson, wir kennen uns schon so lange«, sagte er plötzlich und hob eine Hand, als wolle er ihr Gesicht berühren, ließ sie dann aber wieder sinken.

»Aber nur, wenn Sie mich Mary nennen«, sagte sie leise, ohne den Blick von ihm abzuwenden.

»Mary«, raunte er leise, als wollte er ausprobieren, wie es sich anfühlte, wenn ihr Vorname über seine Lippen kam.

Sie standen sich so nah und Marys Blut rauschte nur so durch ihre Adern. Ihre Atmung beschleunigte sich. »Denken Sie manchmal daran?«, fragte sie in die Stille hinein.

Im ersten Augenblick dachte sie, dass Grayson fliehen wollte, doch er blieb an Ort und Stelle, blickte auf sie hinunter. »Denken Sie je daran?«, beantwortete er ihre Frage mit einer Gegenfrage. Er wirkte angespannt.

»Ja, jede Nacht erinnere ich mich daran, wie sich Ihre Lippen auf meinen angefühlt haben«, gab sie zu. »Ich schmecke den Kuss noch heute.«

Grayson schloss für eine Sekunde die Augen, dann lächelte er. Es war ein echtes Lächeln und es sah so wundervoll aus. »Ja, ich kann es auch nicht vergessen. Ich habe Sie also nicht verschreckt?«, fragte er vorsichtig.

Mary schüttelte den Kopf. »Nein Grayson, es hat mir gefallen, dass Sie so mutig waren mich zu küssen, und bedeutet mir immer noch sehr viel.«

Nun hob er erneut eine Hand und strich ihr eine verirrte Haarsträhne aus dem Gesicht. »Was wäre, wenn ich es erneut tun würde?«, raunte er ihr zu.

»Vielleicht sollten Sie es versuchen und schauen, was passiert«, gab sie ihm zur Antwort und lächelte. Sie empfand es als äußerst mutig, ihn quasi dazu aufzufordern.

Er legte seine Hand an ihre Wange und als Mary kurz die Augen schloss, um die Berührung und die Wärme die von ihr ausging zu genießen, umfasste er ihren Nacken und zog sie näher zu sich heran. Dann drückte er vorsichtig seine Lippen auf ihre und küsste sie.

Mary bekam Angst, dass sie sich kindisch anstellen würde oder etwas falsch machte, und wandte ihren Kopf ab.

»Was ist los, Mary?«, wollte Grayson wissen.

Sie atmete schwer. »Ich … wir sollten das nicht tun.«

»Gefällt es Ihnen nicht?«

»Doch«, entgegnete sie sofort. »Nur habe ich Angst, dass ich mich zu etwas hinreißen lassen könnte, was ich später bereuen würde.«

»Natürlich Mary, da haben Sie recht«, murmelte er, bewegte sich aber keinen Deut.

Mary auch nicht.

Er blickte sie an, als könnte er sich nicht an ihr sattsehen.

Vorsichtig hob Mary ihre Hand, als hätte sie Angst, dass eine Bewegung ihn verschrecken könnte. Sie legte ihre Handfläche auf seine nackte Brust. Sie musste ihn berühren, das Verlangen war zu groß. Grayson hielt ganz still. Scheinbar war er nicht in der Lage sich zu rühren. Seine warme Haut fühlte sich angenehm unter ihren Fingern an und sie hätte ihn Stunden so berühren können, doch Grayson räusperte sich verlegen und da zog sie ihre Hand weg.

»Dann sehen wir uns morgen zum Frühstück?«

Was für eine Frage. Natürlich würden sie sich sehen.

Mary nickte. Ihr Hals war wie zugeschnürt und sie traute ihrer Stimme nicht.

»Dann werde ich jetzt gehen. Schlafen Sie gut.«

»Ja.« Es war nur ein Krächzen, das aus ihrem Mund kam.

Abrupt legte er einen Arm um ihre Hüften und zog sie an sich, drückte ihr einen erneuten Kuss auf die Lippen, den sie mit einem seligen Summen quittierte. Mary schloss die Augen. Als sie sie wieder öffnete, war Grayson verschwunden, und sie schloss schnell die Tür.

KAPITEL 8

Juni 1850
Watford Hall /zwischen London
und Saint Albans

Die Kutsche hielt vor einem Landhaus, das wesentlich kleiner war als Croyden Manor, aber einen guten und auch sehr gepflegten ersten Eindruck machte. Der hellbraune Stein war nicht verwittert, es schien, als wäre das Haus gerade erst erbaut worden.

Grayson stieg zuerst aus, half den Damen aus der Kutsche. Celeste sah sich neugierig um.

»Es ist schön hier«, gab sie zu. »Komisch, dass wir noch nie hier waren.«

»Der Baron of Seymour hat sich nicht am öffentlichen Leben beteiligt. Es hieß, er war ein merkwürdiger Kautz«, sagte Grayson leise.

Ein älterer Mann trat aus dem Haus und kam auf sie zu.

»Guten Morgen. Mein Name ist Nelson Pope, ich bin der Anwalt von Lady Seymour. Sie hat mich mit dem Verkauf des Anwesens beauftragt und gebeten, Sie hier zu empfangen.«

Grayson stellte alle vor und sie begaben sich ins Haus. Neben Celeste waren auch Mary und natürlich der Duke of Leeds mitgekommen. Rosalie ging es immer noch nicht besser und musste das Bett hüten. Celeste war überrascht, dass Grayson sie gefragt hatte, ob die Damen sie begleiten wollten, und nach dem Besichtigungstermin nach Saint Albans fahren würden. Merkwürdig kam ihr vor, dass Mary anscheinend schon Bescheid wusste. Sie fragte sich nur woher?

Nelson Pope war ein Mann Ende fünfzig, freundlich und kompetent. Er beantwortete alle Fragen, die Driscoll ihm stellte. Die Baroness lebte zurzeit bei ihrer Schwester in London und somit wäre das Haus sofort bezugsbereit. Celeste schaute sich alles in Ruhe an und fand das Anwesen reizend. Es war groß genug, um dort einige Kinder großzuziehen, aber nicht so groß, dass man einen ganzen Hofstaat beschäftigen musste, um es zu betreiben. Wenn sie ehrlich war, würde sie sich hier äußerst wohl fühlen. Vielleicht lag es auch daran, dass Croyden Manor in der Nähe lag. Allerdings war es egal, ob es ihr gefiel oder nicht. Sie würde schließlich nicht hier einziehen. Sie würde nichts tun, was mit dem Duke of Leeds zu tun hatte. Das hatte Grayson ihr sehr deutlich vor Augen geführt.

»Schön hier, nicht wahr?«, fragte Mary leise, während die Männer sich in einiger Entfernung unterhielten.

»Ja«, sagte Celeste und nickte. »Ein schönes Landhaus, in dem man einige Kinder großziehen kann.«

Mary lächelte. »Manchmal braucht man nicht viel, um glücklich zu sein.«

»Nein, der passende Ehemann reicht schon aus«, murmelte sie und wanderte zurück in die kleine Halle. Hier gab es die Treppe, die in die oberen Räume führte. Neugierig stieg sie die Stufen empor. Es war alles so sauber und machte nicht den Eindruck, als würde das Haus schon einige Zeit leer stehen. Die Türen standen alle offen, das Tageslicht erhellte die Flure und sie warf einen Blick in das nächstbeste Zimmer. Es war ein großer Raum, der den Blick auf den Garten freigab. Vermutlich das Masterschlafzimmer. Als Celeste sich umdrehte, lehnte Driscoll am Türrahmen und beobachtete sie.

»Wie gefällt Ihnen das Haus?«, fragte er, stieß sich ab und kam langsam auf sie zu.

»Sehr gut. Sie werden hier eine schöne Zeit verbringen«, erklärte sie.

Er blieb neben ihr stehen und blickte auf den Garten hinaus. »Dort kann man einen schönen Rosengarten anlegen.«

Sie nickte und lächelte, doch es erreichte ihre Augen nicht. »Ja, der Platz würde sich dafür anbieten. Sie werden sicher jemanden finden, der ihn für Sie anlegen wird.«

Sie wandte sich zum Gehen.

»Wie wäre es, wenn Sie mir bei der Gestaltung und Pflege behilflich wären?«, fragte er galant.

»Ich denke nicht, dass ich Zeit dafür haben werde. Ich bin schließlich damit beschäftigt, mir einen Ehemann zu suchen und wenn ich ihn gefunden habe, glaube ich nicht, dass er mir erlauben wird, in fremden Gärten zu arbeiten, um meiner Leidenschaft der Rosenzucht nachzugehen.« Damit verließ sie schnellen Schrittes den Raum, dass ihre Röcke nur so raschelten.

Auf der Weiterfahrt nach Saint Albans diskutierten die Männer über das Für und Wider das Landgut zu kaufen. Grayson hielt den Preis immer noch für zu hoch, Driscoll hingegen hielt die Nähe zu Croyden Manor für sehr komfortabel und dass das Gelände des geplanten Gestüts direkt vergrößert werden konnte.

»Ich denke, du hast dich bereits entschieden, lieber Spencer«, bemerkte Grayson. »Wir brauchen das wohl nicht mehr zu diskutieren. Hinzu kommt, dass ich dich sehr gerne als meinen Nachbarn begrüßen würde. Wer weiß, wer es sonst kauft.«

»Vielleicht der zukünftige Ehemann von Lady Celeste«, bemerkte Driscoll mit einem Blick auf die Felder, die an ihnen vorbeizogen.

»Ich werde ohnehin lieber in London leben«, gab sie hochmütig zurück.

»Du hasst London«, erklärten Grayson und Mary wie aus einem Mund.

Sie hob die Schultern. »Vielleicht beginnt mich das Landleben zu langweilen. Ein wenig Zerstreuung täte mir gut.« Sie hasste sich für diesen Satz, denn es sprach nicht Celeste aus ihr, sondern eine Frau, die sie gar nicht war. Doch ihr verletzter Stolz ließ einfach nicht zu, dass sie zugeben wollte, wie sehr ihr Watford Hall gefallen hatte. Sie wünschte sich, eigenes Geld zu besitzen, um es selbst zu kaufen.

Mary, die in der Kutsche neben ihr saß, seufzte leise. Wenn sie doch nur mit ihrer Freundin sprechen konnte. Doch sie schämte sich zu sehr, um ihr von dem Gespräch mit ihrem Bruder über die Zurückweisung durch Driscoll zu berichten. Vielleicht würde sie diese Scham überwinden können, doch im Augenblick war sie noch zu sehr gekränkt und wollte daran einfach nicht erinnert werden.

»Ich will Rosalie ein Buch mitbringen, wenn sie schon nicht mitkommen konnte. Möglicherweise hebt das ihre Stimmung und lindert ihre Migräne«, erklärte sie, um das Thema zu wechseln.

»Ich dachte, sie wollte neue Bänder«, erklärte Grayson.

»Seit nicht immer so knauserig. Wir können Ihr passende Bänder und ein Buch mitbringen. Das wird dich wohl kaum an den Bettelstab bringen.« Celeste warf ihrem Bruder einen bösen Blick zu.

Sie hielten vor dem Laden einer Modistin, wo es auch hübsche Bänder gab und Celeste und Mary schwelgten einige Zeit in der Bewunderung neuer Kleider und Hüte, die es dort zu kaufen gab.

Während Mary ein neues Ballkleid anprobierte, bestaunte Celeste ein Kleid, in der Ausstellung. Es war eine zarte Kreation mit mehreren Lagen von Tüllröcken in einem zarten Violett.

»Es ist gerade erst aus Paris geliefert worden. Möchten Sie es anprobieren?«, fragte die Schneiderin, als sie sah, dass das Kleid Celestes Interesse geweckt hatte.

»Oh nein, es ist zwar wunderschön, aber nicht ganz mein

Stil«, lehnte sie mit einem Lächeln ab und kaufte stattdessen die Bänder für ihre Schwester.

»Möchtest du das Kleid wirklich nicht mal anprobieren?«, raunte Driscoll ihr zu, während sie auf Mary wartete und Grayson die Bänder bezahlte.

»Nein danke«, lehnte sie wortkarg ab. Ignorierte, dass er einfach zum Du überging.

»Ich würde es dir gerne schenken.«

Entschlossen schüttelte Celeste den Kopf. »Das kann ich niemals annehmen. Aber vielen Dank für das Angebot.«

Endlich erschien Mary mit einem hellgrünen Kleid über dem Arm. Zu Celestes Verwunderung beglich auch Grayson die Rechnung für das Kleid. Er schien also doch nicht so geizig zu sein, wie Celeste immer vermutete. Es gab Seiten an ihrem Bruder, die sie immer wieder in Staunen versetzte.

Im Bookstore stöberte Celeste eine ganze Weile lang, bis sie das richtige Buch für Rosalie fand, dass sie ihr gerne mitbringen wollte. Mittlerweile war es schon später Nachmittag, als sie endlich wieder auf Coryden Manor ankamen. Celeste ließ Tee und Gebäck im Salon servieren, während sie Rosalie ihre Einkäufe aufs Zimmer brachte. Eugenie war eingeschnappt, weil man sie nicht eingeladen hatte, sie zu begleiten.

»Es waren leider alle Plätze in der Kutsche besetzt«, erklärte Celeste. »Aber wir werden bestimmt bald wieder in die Stadt fahren und dann wirst du mitfahren können«, vertröstete sie ihre Schwester. »Hast du Lust, den Tee mit uns im Salon einzunehmen?«

Sie schüttelte den Kopf. »Wenn ihr mich eh schon nicht mitnehmt, habe ich auch keine Lust auf einen gemeinsamen Tee«, erklärte sie, wie ein trotziges Kind.

»Eventuell überlegst du es dir noch anders«, meinte Celeste und verließ Eugenies Zimmer.

Bis zum Abendessen hatte sich Eugenie wieder beruhigt und auch Rosalie hatten die schönen Bänder und das neue Buch wieder auf die Beine gebracht.

»Was haltet ihr alle von einer Partie Croquet, wenn ihr euren Mokka getrunken habt?«, fragte Georgina in die Runde.

»Sehr gern, nur wird uns heute Abend das Wetter einen Strich durch die Rechnung machen.« Driscoll deutete zu den Fenstern, hinter denen sich der Himmel verdunkelt hatte, als wäre es bereits später Abend.

»Das sieht nach einem starken Gewitter aus«, meinte Grayson besorgt. »Wir sollten John bitten, dass er dem Stallburschen Bescheid gibt, sich um die Pferde zu kümmern, nicht, dass sie noch ausbrechen und davonrennen.«

»Unter diesen Umständen und damit es schneller geschieht, sollten wir uns selbst darum kümmern«, schlug Driscoll vor.

Grayson nickte. »Ja, Hadley ist ein fähiger Mann, aber er kann Hilfe sicherlich gebrauchen.«

Die Männer erhoben sich.

»Bitte seid vorsichtig«, murmelte Mary und Grayson nickte ihr zu.

Da Celeste ihr einen überraschten Blick zuwarf, nahm Mary verlegen ihre kleine Tasse auf und trank einen Schluck. Die Mädchen erhoben sich ebenfalls und begaben sich zu den Fenstern, um sich das Schauspiel anzusehen. Der Wind war bereits aufgefrischt und wirbelte Blätter und Zweige durch die Luft.

»Meine Rosen«, murmelte Celeste nachdenklich. Die zarten Blüten würden im Wind abknicken.

»Dann werden wir wohl auf unsere Zimmer gehen«, meinte Georgina enttäuscht und alle schlossen sich ihr an. Nur Celeste blickte noch weiter bedenklich zu ihrem Rosengarten hinüber.

KAPITEL 9

Juni 1850
Croydon Manor/zwischen London
und Saint Albans

Der Wind frischte immer weiter auf. Da kam nicht nur ein Unwetter, sondern ein richtiger Sturm auf sie zu. In der Ferne sah Celeste wie sich die Baumkronen der Kastanien empfindlich im Wind hin und her bewegten. Wenn diese starken und dicken Kronen schon so sehr vom Wind in Mitleidenschaft gezogen werden konnten, wie sollten das ihre zarten Rosenstämmchen überstehen. Kurzentschlossen ließ Celeste sich ihren wetterfesten Umhang reichen und lief hinaus in den Garten.

»Mylady sollte nicht allein in den Garten gehen«, rief John hinter ihr her.

»Ich bin sofort wieder zurück«, erklärte sie knapp und war auch schon hinausgelaufen.

Sie stemmte sich gegen den Wind an und erreichte das Gartentor, dass ihr sofort vom Wind aus der Hand gerissen wurde, als sie es öffnete. Am Ende des Rosengartens gab es einen kleinen Pavillon, wo sie Gerätschaften und Material aufbewahrte.

Sie suchte Jutesäcke und Bänder zusammen und begann, die Säcke über die Stämmchen mit ihren empfindlichen Blüten zu stülpen. Die ersten Tropfen fielen, als Celeste noch nicht einmal die Hälfte der Rosen mit den Bändern fixiert hatte. In Sekunden war sie nass bis auf die Haut.

»Was machst du denn hier draußen?«, hörte sie eine laute Stimme hinter sich, die gegen den Sturm anschrie.

»Ich rette meine Rosen!«, rief sie Driscoll zu, der mit großen Schritten auf sie zustürzte.

»Geh zurück zum Haus, ich mache das hier schon.«

»Nein, ich bin ja gleich fertig!«

»Du bist total nass und wirst dir den Tod holen!« Er hörte sich wütend an.

»Ach was! Es ist doch total warm«, entgegnete sie und machte einfach weiter.

Driscoll hing sein nasses Haar tropfend in der Stirn und er nahm ihr die Sisalbänder aus der Hand, machte sich daran, die restlichen Rosen festzubinden. »Stell dich dort unter!«, wies er sie an und Celeste nickte ihm zu, rannte zu dem Pavillon, beobachtete ihn von hier aus dabei, wie er die letzten Stämme sicherte. Dann kam auch er rechtzeitig zu dem Pavillon, als ein Blitz hell am Himmel zuckte und ein Donnergrollen Celeste erschreckte. Laut schrie sie auf.

Beschützend zog Driscoll sie in seine Arme. »Hab keine Angst, hier bist du sicher.«

»Wir müssen zurück zum Haus«, rief sie laut gegen das nächste Donnergrollen an.

»Nicht bei dem Gewitter. Wir warten hier ab, bis es weitergezogen ist. Es wird nicht lange dauern. Ich kenne das Wetter, du kannst dich auf mich verlassen.«

Ja, er war ein Mann der See und wusste das Wetter zu lesen. Zumindest was das Wetter auf dem Meer betraf.

Celeste sah zu ihm auf und nickte. Er zog sie weiter in den Pavillon hinein, wo es wärmer und trockner war, und der Wind sie nicht erreichte. Dort fand er eine Bank und eine Decke. Sorgsam legte er sie ihr über die Schultern und strich ihr das nasse Haar aus dem Gesicht.

Er ließ sich neben ihr nieder und gemeinsam lauschten sie dem Prasseln des Regens auf dem Dach und den sich bildenden Pfützen.

»Du hättest mir nicht helfen müssen«, sagte sie leise.

»Ich habe gesehen, wie du in den Garten liefst und wusste, dass es dir um deine Rosen ging. Sie sind wohl sowas wie deine Babys.« Er grinste.

Sie nickte und gab ihm die Hälfte der Decke ab, die er dankbar annahm. Ganz langsam kroch die Kälte ihren Körper hinauf. Obwohl es sommerlich warm war, der Regen kühlte die Temperaturen empfindlich schnell ab.

Driscoll griff nach ihren Händen, doch Celeste entzog sie ihm.

»Was ist passiert, Celeste?« Er sah sie fragend an. »Es muss etwas geschehen sein, dass du dich so verhältst.«

Als wenn er das nicht wüsste. Sie sah ihn eindringlich an. »Driscoll, was soll diese Frage? Du weißt es doch genau. Du musst Grayson selbst gesagt haben, dass du keine Absichten hegst, um mich zu werben, denn er hat mich vor dir gewarnt. Wenn wir das hier weitertreiben und auch noch auffliegen, wird mein gutes Ansehen geschädigt. Das kann ich mir nicht leisten. Ich bitte dich daher, meiner Bitte Folge zu leisten, mich in Ruhe zu lassen. Ich bin keine Frau, mit der man spielen kann. Dafür bin ich mir zu schade, Euer Gnaden.«

Driscoll atmete hart aus. »Ich verstehe dich, Celeste. Aber was ist, wenn ich es nicht kann? Wenn ich dich so sehr will, dass es mein Handeln beeinflusst?«

»Dann haben Sie sich nicht sehr gut im Griff. Ich stehe nur für solche Spielchen nicht weiter zur Verfügung.« Sie erhob sich.

»Und wenn ich es ernst meine. Wenn ich ganz offiziell um dich werbe? Würdest du es in Betracht ziehen, meine Frau zu werden?«, fragte er plötzlich und erhob sich ebenfalls.

Celeste konnte seinen Worten keinen Glauben schenken. »Du hast deine Frage bei unserem ersten Zusammentreffen selbst beantwortet: Du bist kein Mann für die Ehe, waren deine Worte. Du erinnerst dich bestimmt. Und ich denke, das ist die Wahrheit.« Sie schenkte ihm ein trauriges Lächeln und rannte dann in den Regen hinaus.

Driscoll stand wie gelähmt da und war nicht in der Lage, ihr zu folgen. »Ich habe gelogen!«, rief er ihr hinterher, doch er war sich sicher, dass sie ihn nicht mehr hören konnte, weil ein weiteres Donnergrollen über den Himmel rollte.

Der Sturm wütete noch die ganze Nacht, während am nächsten Morgen der Himmel in einem wunderschönen Blau erstrahlte, als wäre nichts geschehen. Celeste bat John, ihr im Garten zu helfen, um dort für Ordnung zu sorgen. Die Beete mussten vom Laub und Ästen befreit werden, die der Sturm dorthin getrieben hatte, die Säcke wieder zusammengepackt und verstaut werden. Bis auf ein paar kleine Stecklinge, hatten die Büsche alles gut überstanden. Celeste schnitt ein paar besonders schöne Blüten ab und drapierte sie in einer großen Vase in der Halle.

Noch vor dem Frühstück waren die Männer aufgebrochen, was Celeste sogar ganz recht war. Sie wollte Driscoll, so gut es ging, aus dem Weg gehen. Es wäre wirklich das Beste, wenn er bald in ein eigenes Haus zog und ihr Gemütszustand wieder ins Gleichgewicht zurückfand.

Am Wochenende fand der Ball bei den Bennetts statt und sie freute sich darauf. Dort würde es vor heiratswilligen jungen Männern wimmeln und wenn sie es klug anstellte, würde sie einen Verehrer finden, der für sie als Ehemann in Betracht kam. Es musste doch mit dem Teufel zugehen, wenn ihr das nicht gelingen würde.

KAPITEL 10

Ende Juni 1850
The Willow House / Enfield Town

Das Landhaus des Earl of De Lacy, The Willow House, lag dreizehn Meilen von Croyden Manor entfernt. Sie fuhren mit zwei Kutschen und es dauerte eine gefühlte Ewigkeit, bis alle Mädchen ihre Sachen beisammen hatten, dass es endlich losgehen konnte.

Celeste hatte es so eingefädelt, dass sie zusammen mit Rosalie, Georgina und Valentine in einer Kutsche saß, während Grayson mit Driscoll, Eugenie und Mary die zweite Kutsche bestiegen.

»Wo hast du dieses wundervolle Kleid her?«, wollte Georgina wissen und blickte ihre Schwester neidisch an.

»Grayson hat es mir vorgestern in Saint Albans gekauft, obwohl ich es gar nicht haben wollte. Aber es lag gestern Abend auf meinem Bett.«

»Er hat wirklich Geld ausgegeben?«, fragte Valentine überrascht. Celeste konnte ihr nur zustimmen. Für sie war es auch fast unvorstellbar, wo er doch sonst immer so geizig tat. Aber sie war ihm unendlich dankbar, denn das Kleid war wie für sie gemacht. Es hatte ihr schon im Laden der Modistin gefallen, doch sie war zu stolz gewesen, Grayson darum zu bitten. Umso mehr freute sie sich, wie aufmerksam er doch war. Ob das an Mary lag? Wenn dem so war konnte sie froh sein, dass ihre Freundin den Sommer über auf Croyden Manor verbrachte.

Grayson half den Mädchen aus der Kutsche, während Driscoll ihr die Hand reichte und sie auf ihre ausladenden Röcke achten konnte. Sie bedankte sich mit einem distanzierten Lächeln.

»Ich wusste, dass dir das Kleid wundervoll steht«, raunte er ihr zu.

»Ja, ich bin Grayson sehr dankbar, dass er mir diese Freude gemacht hat.« Er stutzte einen Moment, dann lächelte er und bot ihr den Arm an. Des lieben Friedens willen, hakte sie sich ein und sie betraten zusammen die Halle.

Frank Bennett, der Earl of De Lacy, und seine Gattin waren überrascht, aber außer sich vor Freude, dass die Familie Brisbin ihr Fest besuchte.

»Euer Gnaden, ich kann Ihnen gar nicht sagen, was es mir bedeutet, Sie und Ihre Schwestern hier begrüßen zu dürfen. Mein Gott, Sie sind alle erwachsen geworden. Es ist so eine Freude, Sie zu sehen.«

»Lady De Lacy, ich hoffe, Sie nehmen es mir nicht übel, dass ich einen weiteren Gast mitgebracht habe. Der Duke of Leeds ist ein guter Freund und baldiger Nachbar.«

Eliza Bennett strahlte Driscoll geradezu an. »Aber natürlich nicht. Ich freue mich Sie kennenzulernen, Euer Gnaden.« Sie reichte ihm die Hand und Driscoll deutete eine Verbeugung an. »Sehr angenehm Sie kennenzulernen, Countess. Ich bin geehrt, an Ihrem Ball, teilnehmen zu dürfen.«

Der Earl schüttelte ihm die Hand. »Spencer! Ich habe gehört, dass Sie Watford Hall gekauft haben.«

Celeste hob interessiert die Augenbrauen. Lord De Lacy schien ja bestens informiert zu sein.

»Sie haben recht, die Urkunden wurden heute vom Notar beglaubigt, das Anwesen und die Ländereien sind jetzt in meinem Besitz«, bestätigte Driscoll.

»Dann möchte ich Sie in der Nachbarschaft begrüßen. Wir werden später darauf trinken.«

Sie betraten den großen Saal, in dem sich die Gäste aufhielten und mit Getränken, Musik und Essen unterhalten wurden.

»Du hast das Landhaus gekauft? Ich dachte du überlegst es dir erst noch.« Celeste sah den Duke of Leeds überrascht an.

»Hast du etwas anderes vermutet?«, fragte er und ließ seinen Blick über die Menge schweifen.

»Nein, ich habe erwartet, dass du mir das Leben schwer machst«, zischte sie ihm zu und machte sich von ihm frei, auf die Suche nach Mary.

Sie stand mit Grayson am Rande der Tanzfläche, mit einem Glas in der Hand.

»Grayson, Mary. Da seid ihr ja. Ich habe dich gesucht, Grayson, weil ich mich bei dir für das Kleid bedanken wollte. Dass du es mir gekauft hast, damit hast du mir eine wirkliche Freude gemacht. Ich halte dich immer für einen Mann, der nicht viel mitbekommt, aber ich muss meine Meinung wohl ändern.« Sie lächelte ihren Bruder an, der sie aufmerksam musterte.

»Wenn ich dich richtig verstehe, muss ich dich wohl enttäuschen. Ich habe nichts mit diesem Kleid zu tun, auch wenn es dir ausgesprochen gut steht.«

Irritiert sah Celeste ihren Bruder an. »Du hast mir nicht in dem Modegeschäft dieses Kleid gekauft?«

Grayson schüttelte den Kopf. »Ich wusste, dass ich das Kleid schon einmal gesehen habe. Genau, jetzt wo du es sagst, es war bei dieser Modistin. Aber gekauft habe ich es dir nicht. Wenn ich es mir so ansehe, wäre es mir ohnehin zu teuer gewesen.«

Mary lachte auf. »Männer, sie ändern sich nie.«

Celeste war ganz und gar nicht nach Lachen zumute. Wenn Grayson nicht den Karton mit dem Kleid auf ihrem Bett abgelegt hatte, wer war es dann gewesen? Ihr Blick ging zur gegenüberliegenden Seite, wo sie Driscoll stehen sah, der ihr mit einem Glas Champagner zuprostete.

Dieser unverschämte Kerl. Das durfte doch nicht wahr sein. Sie trug ein Kleid, wofür er bezahlt hatte, und sie damit jetzt in seiner Schuld stand. Am liebsten hätte sie sich das Kleid vom Körper gerissen, aber die Vorstellung nur in Unterröcken dazustehen, hielt sie davon ab.

»Lady Celeste! Ich glaube, wir sind uns noch nicht vorgestellt worden. Mein Name ist Francis Bennett, der zukünftige Earl of De Lacy, wir haben als Kinder oft gemeinsam gespielt, sie erinnern sich bestimmt noch daran.«

»Francis! Natürlich, ich erinnre mich an Sie. Wie schön,

Ihnen zu begegnen. Wie geht es Ihnen?« Sie reichte ihm die Hand und er deutete einen Handkuss an.

»Sehr gut, Mylady.«

»Oh bitte. Früher haben Sie mich Celeste genannt, daran wollen wir doch festhalten«, erklärte sie. Francis Bennett hatte sich prächtig entwickelt. Früher war er dürr und schlaksig gewesen, mittlerweile war er hochgewachsen, zumindest einen halben Kopf größer als Celeste, und seine Figur hatte einiges an Muskelmasse zugelegt. Er sah stattlich aus, in seinem dunkelgrünen Frack, den engen Hosen und der silbernen Weste.

»Sehr gern. Ich war bis vor einem halben Jahr bei der Armee. Mein Vater hat mir ein Offizierspatent gekauft, nun bin ich zurück, und werde ein Anwaltsstudium beginnen.«

»Sie wollen Anwalt werden?«

»Richter ist das Amt, das ich anstrebe«, gab er zu. »Der Tod Ihrer Eltern so kurz hintereinander tut mir wirklich leid. Und nun haben Sie auch noch Ihre Großmutter zu Grabe getragen.«

»Granny war alt und hat ihr Leben gelebt«, gab Celeste zu. »Vielen Dank für Ihre Anteilnahme.« Sie schenkte ihm ein Lächeln.

»Möchten Sie gern tanzen?«, fragte er und deutete auf das Parkett, auf dem sich die Paare zur Musik drehten.

»Sehr gerne, Francis. Ich tanze für mein Leben gern.«

»Dann teilen wir eine Leidenschaft, obwohl ich ein wenig eingerostet bin und nicht versprechen kann, dass ich Ihnen nicht auf die Füße trete.«

Sie lachte laut auf und fing den Blick des Duke of Leeds ein, der sie von der anderen Seite zu beobachten schien. Sein Blick war düster, so wie sie ihn kennengelernt hatte. Aber es tat ihr gut, ihn so zu sehen. Sollte er doch denken, dass sie sich festlich amüsierte.

Francis hatte nicht zu viel versprochen. Er war ein ausgezeichneter Tänzer und Celeste fühlte sich wohl in seinen Armen. Es tat ihr gut, dass die Gesellschaft sie mit einem so gut aussehenden Mann sah, der nicht nur größer als sie war, sondern auch zwei Jahre älter. Es war wirklich kein Fehler, dass sie diese Einladung angenommen hatten. Genau genommen war sie sogar froh darüber, der Einladung gefolgt zu sein. Auch, dass sie der Gesellschaft so zeigen konnten, dass die Zeit der Fehde, die zwischen den Familien bestand, vorbei war.

»Ihre Schwestern sind alle erwachsen geworden«, erklärte er und blickte auf sie hinunter, ohne aus dem Takt zu geraten. Es war ein Walzer, der schwungvoll getanzt wurde.

»Ja, Sie haben sicher davon gehört, dass wir alle heiraten müssen, damit Grayson das Erbe antreten kann«, kam sie auf den Punkt, der sowieso überall bekannt war. Sie hatte mitbekommen, dass die Leute hinter den Fächern darüber tratschten.

Er nickte. »Ja, es hat die allgemeine Runde gemacht. Ihre Großmutter hatte wirklich Humor, so hatte ich sie in Erinnerung.«

Celeste erinnerte sich an viele Sommer, in denen sie zusammen Ausflüge zu einem Picknick unternommen, gespielt und gegessen hatten. Bis ein Streit die beiden Mütter entzweit hatte.

Als der Tanz endete, verzichteten sie auf eine weitere Runde. Dafür bot Francis an, für Celeste ein Glas Punsch zu besorgen. »Das wäre wirklich wunderbar«, bedankte sie sich und legte ihre Hand auf seinen Arm.

»Laufen Sie nicht weg, ich bin sofort zurück«, erklärte er und machte sich auf den Weg.

Sobald sie allein war, näherte sich jemand, den Celeste schon ganz vergessen hatte.

»Lady Celeste. Es ist mir eine Freude, Ihnen hier zu begegnen.« Er verbeugte sich.

»Lord Goswins, wie nett.« Celeste knickste und lächelte gequält.

»Ich muss sagen, dass ich sehr enttäuscht bin, als ich die Antwort Ihres Bruders erhalten habe«, zischte er ihr zu.

Überrascht blickte Celeste auf ihn hinunter. Hatte Grayson ihm wirklich eine Absage erteilt?

»Ich hätte nicht erwartet, dass Sie mir einen Korb geben, immerhin trage ich den Titel eines Marquis.« Er sah sie herausfordernd an.

»Sie scheinen zu glauben, dass ich sehr verzweifelt sein muss, aber ich kann Ihnen versichern, mein lieber Marquis, dass es nicht so ist«, erklärte Celeste selbstsicher.

Peer Audleys rechtes Auge zuckte hektisch. »Ich glaube, Sie verkennen Ihre Lage, meine Liebe, das Werben eines Marquis hat einen gewissen Wert …«, sagte er hochnäsig.

»Das Werben eines Herzogs hat wohl einen höheren Wert«, erklang Driscolls Stimme hinter Celeste und sie wusste nicht, ob sie laut schreien oder ihm dankbar sein sollte.

»Euer Gnaden.« Audley verbeugte sich leicht. »Mir war nicht bekannt, dass Sie bereits um die Hand von Lady Celeste angehalten haben.«

Oh Gott, jetzt flog alles auf. Beschämt schlug Celeste die Augen nieder. Warum konnte dieser Flegel sie nicht einfach in Ruhe lassen? Ein Nein würde sich nicht irgendwann in ein Ja wandeln.

»Die Absprachen zwischen Lady Celeste und mir, gehen nur uns beide etwas an. Wenn Sie uns nun entschuldigen wollen, Audley. Dieser Tanz gehört mir.« Er nahm Celestes Arm und führte sie auf die Tanzfläche. Seine Worte trieften nur so vor Arroganz und wiesen dem Marquis einen Platz zu, der unverkennbar nicht an Celestes Seite war, und auch niemals sein würde.

»Du brauchst mir nicht zu danken. Dieser Kerl ist einfach unausstehlich«, presste er hervor.

»Du hast ihn beleidigt.«

»Ich habe ihn in seine Schranken gewiesen. Er war unhöflich und beleidigend zu dir. Der Ton, den er dir gegenüber angeschlagen hat, war unpassend und einfach unverzeihlich. Er kann wohl mit Zurückweisung nicht umgehen. Er kann von Glück sagen, dass ich ihn nicht zum Duell herausgefordert habe.«

Die Polka, die gespielt wurde, war Celeste einfach zu schnell. »Warte, lass uns aufhören. Es ist mir zu schnell. Mir geht es nicht gut«, sagte sie und blieb stehen. »Ich möchte gehen.« Sie sah ihn herausfordernd an.

»Dann werde ich dich begleiten und die Kutsche wieder zurückschicken. Ich gebe Grayson nur schnell Bescheid.«

»Ich kann nicht allein mit dir in einer Kutsche von hier wegfahren«, zischte sie ihm zu.

»Wer sagt das? Willst du dich stattdessen lieber erneut von Audley beleidigen lassen?«

Nein, sie wollte diesem impertinenten Kerl nicht noch einmal begegnen.

»Ich werde Grayson sagen, dass es dir nicht gut geht.«

Sie nickte ihm zu und sah, wie Francis mit einem Glas Punsch auf sie zusteuerte.

»Lady Celeste! Ich habe Sie gesucht.«

»Es tut mir leid. Mir geht es nicht gut und werde nach Hause gebracht. Aber ich denke, dass meine Schwester Eugenie gerne etwas trinken würde.« Sie deutete schräg gegenüber, wo Eugenie mit Mary auf einem Sofa saßen und sich unterhielten.

Francis nickte. »Dann wünsche ich Ihnen alles Gute, Celeste. Ich hoffe, wir sehen uns bald wieder.«

»Das werden wir, Francis. Ganz bestimmt.«

KAPITEL 11

Ende Juni 1850
Croydon Manor/zwischen London
und Saint Albans

Die Rückfahrt nach Croyden Manor dauerte mehr als eine Stunde und Celeste hatte ein schlechtes Gewissen, Driscoll von dem Ball wegzulocken.

»Es tut mir leid. Du hättest mich nicht begleiten müssen. Ich hätte auch Rosalie bitten können, mich zu begleiten.«

»Es macht mir nichts aus«, gab er zu, wenn auch nicht gerade freundlich.

»Es wird am Ende noch ein Feuerwerk geben, das wirst du nun verpassen.«

»So wie du.«

»Ich mache mir nicht viel daraus«, gab sie zu.

»Genau wie ich.« Er blickte sie an und Celeste verfiel in Schweigen. Dieser Mann blieb ihr ein Rätsel. Immer wenn sie meinte, ihn zu verstehen, verschloss er sich wieder und kehrte den Unnahbaren heraus. Sie hatte sich geschworen, dass er keine Rolle mehr in ihrem Leben spielen sollte, und nun stellte sie fest, dass er ihr ein Kleid geschenkt hatte. Warum hatte er es nicht sofort erklärt, sondern sie im Glauben gelassen, dass Grayson es ihr gekauft hatte?

Zu allem Überfluss wurde er jetzt auch noch ihr Nachbar und der Geschäftspartner von Grayson, was bedeutete, dass sie sich unweigerlich über den Weg laufen würden.

Sie blickte zum Fenster hinaus. Sie Sonne war schon untergegangen und die Nacht färbte alles in einen sonderbaren Ton. Sie liebte diese Zeit und fragte sich, ob Driscoll jemals etwas so sehr lieben konnte, um sein Herz daran zu verlieren.

»Grayson wollte nicht, dass ich dich nach Hause begleite«, sagte er unvermittelt.

»Warum nicht?«

»Er befürchtet, dass es Gerede geben wird, aber ich konnte ihn beruhigen.« Sie saßen sich gegenüber und Driscolls lange Beine waren ihren so nah, dass sie sich fast berührten, wenn die Kutsche über ein Schlagloch oder einen spitzen Stein fuhr.

»Womit hast du ihn beruhigen können?«, fragte sie vorsichtig nach, weil sie ihren Bruder gut genug kannte, um zu wissen, dass das nicht so einfach war.

»Ich habe ihm erklärt, dass ich um deine Hand anhalten werde.«

Celeste hielt den Atem an. »Das ist nicht dein Ernst.«

Er sah sie unmissverständlich an.

»Warum tust du das?« Sie verstand ihn nicht. Als er

nichts erwiderte, schnaufte sie wütend. »Ich werde anscheinend gar nicht gefragt, ob ich das überhaupt will.«

Das entlockte ihm zumindest ein Grinsen. »Wir wissen beide, dass du dich in mich verliebt hast.«

»Du bist ja überhaupt nicht von dir eingenommen.« Sie schnaufte wütend und wandte sich ab, dem Fenster zu. So viel Überheblichkeit war ihr noch nie untergekommen. Das übertraf sogar das Gebaren des Marquis of Goswins. Und wann hatte er diesbezüglich überhaupt seine Meinung geändert? Er, der nicht für die Ehe geschaffen zu sein schien, wollte jetzt offiziell um ihre Hand anhalten? Den Rest der Fahrt verbrachten sie schweigend und als sie auf Croyden Manor ankamen, stieg Celeste mit Hilfe von John als Erste aus und verschwand sofort auf ihr Zimmer.

Das war vermutlich nicht die schönste Art und Weise gewesen, Celeste mitzuteilen, dass er bereit war, sie zu heiraten. Es war auf das Unweigerliche hinausgelaufen. Als er sah, wie sie mit einem anderen Mann tanzte, der seine Hand auf ihrem Rücken platzierte und beobachtete, wie andere Männer sich die Köpfe nach ihr verrenkten, schwoll so etwas wie Neid in ihm auf. Als dann auch noch Audley wagte, sie dermaßen zu brüskieren, war seine Eifersucht ins Unendliche gestiegen und hatte seinen Beschützerinstinkt in ihm hervorgerufen. Er wollte diese Frau. Nicht nur beschützen, sondern auch besitzen.

Sie war auf ihr Zimmer verschwunden, direkt nachdem sie angekommen waren. Nachdem er seinen Frack abgelegt und sich umgezogen hatte, hatte er seinen Kammerdiener entlassen. Noch als er überlegte, ob er erneut mit Celeste sprechen sollte, klopfte es an seiner Tür.

Celeste stand davor und in ihren Augen war noch immer ihre Wut zu erkennen. Ohne etwas zu sagen, betrat sie das Zimmer.

»Warum hast du das getan?«, fragte sie leise und trat an das Fenster, blickte in den Garten hinaus.

»Was getan?«

»Mir dieses Kleid gekauft«, sagte sie und drehte ihm noch immer den Rücken zu.

»Weil ich wusste, wie wunderschön du darin aussehen würdest«, gab er ehrlich zu. Driscoll hatte die Tür geschlossen und trat hinter sie. »Weil ich dieses Leuchten in deinen Augen gesehen habe, wie sehr du dieses Kleid wolltest. Und weil mir der Gedanke nicht mehr aus dem Kopf ging, wie ich diese Träger von deinen Schultern schiebe und es dir ausziehe.« Er berührte die zarten Träger in Form von Blütenblättern, fuhr sie auf ihren Schultern entlang.

Celestes Atmung beschleunigte sich, sie hielt jedoch ganz still, obwohl er sie berührte. Er hatte damit gerechnet, dass sie ihm die Augen auskratzen würde, doch sie schien sich beruhigt zu haben.

»Hast du deshalb Watford Hall gekauft? Weil du mich heiraten willst? Damit ich in der Nähe meiner Familie bleibe, damit du deine Ehefrau aufs Land abschieben kannst?« Endlich drehte sie sich zu ihm um.

»Das denkst du also von mir? Das es mir nicht ernst ist? Warum sollte ich dich heiraten, wenn das nicht wirklich in meiner Absicht läge?«

»Du hast gesagt, du wärst kein Mann für die Ehe«,

wiederholte sie seine Worte, die er ihr bei ihrem ersten Treffen gesagt hatte.

»Ein Mann kann seine Meinung ändern«, gab er zu. »Ich war noch nie verheiratet, deshalb kann ich es gar nicht wissen.«

Sie blickte zu ihm auf. »Du hast mich noch nicht einmal gefragt, ob ich überhaupt deine Frau werden will.« Ihre Stimme war nur ein Flüstern und er hörte ihre Verletzlichkeit heraus. Sie blickte ihn an und Driscoll hätte sie am liebsten an sich gezogen, doch er wusste, dass er Celeste erst überzeugen musste, dass er ein aufrichtiger Mann war.

»Doch, ich habe gefragt und du hast mir deine Antwort bereits gegeben. In jedem Kuss, den ich von dir raubte, hast du mir geantwortet. Oder liege ich da so falsch? Willst du meine Frau werden, Celeste? Ich biete dir den Titel einer Duchess, ein Heim, meinen Schutz und ein sorgenfreies Leben an meiner Seite.«

Bei jedem Wort, das aus seinem Mund kam, wurde ihr Blick trauriger. »Aber deine Liebe, die bietest du mir nicht an.« Ihre Stimme schien versagen zu wollen. Sie schenkte ihm ein freudloses Lächeln, das ihre Augen nicht erreichte.

»Ich erwarte nicht viel vom Leben, aber eine Ehe ohne Liebe ist grausam. Sie wäre von vornherein zum Scheitern verurteilt. Es tut mir leid, Driscoll. So ein liebloses und damit einhergehend freudloses Leben kann und will ich nicht führen. Ich werde deinen Antrag nicht annehmen.«

Damit hatte er nicht gerechnet. Er wusste nicht, was genau er erwartet hatte, aber nicht, dass Celeste seinen Antrag ablehnen würde. Ihr Stolz war von solch einer Größe, das hatte er so nicht bedacht.

Sie wandte sich zur Tür, doch er wollte sie nicht gehen

lassen. Er musste sie davon überzeugen, dass er es ehrlich meinte und sie das Richtige tat, wenn sie seinen Antrag annahm. Er würde mit Grayson sprechen müssen. Er brauchte seine Unterstützung.

»Celeste, bitte warte.« Sie hatte die Tür bereits geöffnet, doch er schlug sie einfach wieder zu. »Du verstehst das falsch.«

»Nein, ich verstehe das genau richtig. Du bist der Meinung, mich aus irgendeinem Grund retten zu müssen. Und damit ich in der Gesellschaft aufsteige, bietest du mir den Titel der Duchess, dazu dein Haus und dein Geld an. Aber, dem ist nicht so. Ich bin auf deine Hilfe nicht angewiesen …« Weiter kam sie nicht, denn Driscoll zog sie an sich und verschloss ihr mit einem Kuss den Mund. Er wusste nicht, wie er sie sonst zum Schweigen bringen konnte.

Sie krallte ihre Hände in sein Hemd, das bis zur Hälfte geöffnet war, und kam so mit seiner Haut in Berührung. Ein Schauer schoss durch seinen Körper, der erst in seinen Lenden Halt machte. Die kleinen Laute, die ihren Mund verließen, waren entzückend und Driscoll war klar, dass es hier und heute keinen Einhalt mehr gab. Er würde das bekommen, was er sich seit Tagen ersehnte.

»Celeste«, flüsterte er an ihren Lippen. »Ich brauche dich so sehr.«

Ihr »Ja«, war nur ein Hauch, doch die Erlaubnis auf viel mehr, als er sich erhofft hatte. Mit seinen Händen öffnete er die Schnürung auf ihrem Rücken, schob die dünnen Träger ihres Kleides von ihren schmalen Schultern, und schob es weiter zu Boden. Dann löste er geschickt die Bände der Krinoline und Celeste stieg hinaus. Jetzt trug sie nur noch das eng geschnürte Korsett, deren Bänder er ebenfalls öffnete, nachdem er sich kurz von ihren Lippen gelöst hatte. Die restliche Kleidung war schnell ausgezogen und er nahm sie auf die Arme, trug sie zu seinem Bett, legte sie dort vorsichtig ab.

Celeste streckte die Hände nach ihm aus, berührte sein dichtes Brusthaar und öffnete das Hemd weiter, damit er es sich über den Kopf ziehen konnte.

»Bist du dir sicher, dass du es willst?«, fragte er und sah sie verlangend an. Seine Vorsicht stand ganz im Gegensatz zu seinem hungrigen Blick, aber er wollte ihr die Wahl lassen, sie nicht einfach so überfahren.

»Ja, ich will es, Driscoll. Mehr als alles andere auf der Welt.« Sie war fest entschlossen, das sah er in ihrem Blick und er nickte. Er wollte sie auch, mehr als alles andere auf der Welt. Sie sollte ihm gehören, für immer.

Wie sie vor ihm lag, so rein und frei von allen Zwängen, völlig befreit und ohne Scham. Sie hatte ein Bein angewinkelt und sah aufreizend zu ihm auf. »Komm zu mir«, sagte sie in einem sanften Ton.

Driscoll erhob sich und streifte die Stiefel sowie den Rest seiner Kleidung ab, dann legte er sich zu ihr. Draußen hatte es wieder zu regnen begonnen und das Klatschen der Regentropfen gegen die Fenster mischte sich mit ihren Atemgeräuschen. Seine Hände berührten ihre Haut und auch Celeste hob mutig ihre Hände, fuhr über seine Oberarme, zu seiner Brust.

»Wird es wehtun?«, fragte sie schüchtern. »Ich will nur vorbereitet sein.«

»Einen kurzen Augenblick, mein Liebling. Ich werde vorsichtig sein.« Er lächelte sie gewinnend an.

Celeste berührte sein Kinn, fuhr über die dunklen Bartstoppeln, die sich bereits wieder gebildet hatten.

Vorsichtig schob er sich über ihren Körper, küsste sie ausgiebig, um sie abzulenken. Mit den Fingerkuppen berührte er ihre schönen Brüste, die empfindlichen Spitzen, bis Celeste sich ganz allein ihm entgegen hob. Sie hatte die Augen geschlossen, doch er wollte sie sehen. Wollte ihre Lust in den Augen erkennen. »Sieh mich an«, forderte er und sofort tat sie ihm den Gefallen, blickte ihm mit einem verführerischen Lächeln tief in die Augen, bis auf den Grund seiner Seele.

»Du bist so schön«, knurrte er und schob sich vorsichtig in sie hinein. Immer nur ein kleines Stück.

»Jetzt?«, fragte sie und er atmete tief ein. Dann nickte er und sie versteifte sich für einen Augenblick. Ein kleiner Laut kam ihr über die Lippen und er strich ihr über das Haar.

»Es ist gleich vorbei, entspann dich«, wies er sie an und Celeste nickte mit einem tiefen Atemzug.

Nun war es vorbei. Sie hatte ihre Unschuld an einen Mann verloren, mit dem sie nicht verheiratet war. Das war sicherlich nicht klug, aber es war ihr freier Wille gewesen. Vermutlich das Letzte, worüber sie selbst entscheiden konnte.

Als der Schmerz langsam nachließ, wurde sie mutiger, begann sich zu bewegen und Driscoll sah sie überrascht an, dann lächelte er selbstvergessen. Driscoll war der schönste Mann, den Celeste jemals gesehen hatte, nicht, dass sie je einen Mann nackt gesehen hätte, aber dennoch war sie sich sicher, dass es so war. Seine Muskeln zeichneten sich sehnig unter seiner Haut ab, und sein Körper war angenehm warm und glatt. Die Küsse, die er pausenlos auf ihren Körper verteilte, schickten Blitze in ihre Körpermitte und ließ sie laut vor Hingabe stöhnen. Sie war angespannt und fieberte etwas entgegen, von dem sie nicht wusste, was sie erwartete, was auf sie zukommen würde.

Als Driscolls Bewegungen schneller wurden, passte sie sich ihm an. Sie verschmolzen zu einer Einheit, als wären sie füreinander geschaffen worden.

»Gott Celeste«, stöhnte er laut auf und sie klammerte sich hilfesuchend an seinen Nacken. Er machte etwas mit ihrem Körper, dass sie so noch nie gespürt hatte. Als ein tiefes Zittern sie erfasste, kam ein Laut der Lust über ihre Lippen, und ein Feuerwerk von tausend Farben explodierte vor ihrem inneren Auge. Ein kleiner Schrei drang aus ihrer Kehle und auch Driscoll stöhnte laut auf, stieß noch einmal zu, und dann lag er schwer auf ihr. Doch sie spürte es nicht. Beide rangen schwer nach Atem, bis er sich zur Seite rollte und blickte sie an. »Du bist mein«, murmelte er träge und sie lächelte glücklich.

KAPITEL 12

Ende Juni 1850
Croydon Manor/zwischen London
und Saint Albans

Gegen Morgengrauen kehrten die Kutschen von The Willow House zurück und Driscoll hatte sie geweckt.

»Celeste! Du musst schnell in dein Zimmer! Deine Geschwister kehren heim.«

Er hatte ihr geholfen, dass sie ihre Wäsche und Unterröcke schnell überstreifte, ihre Kleidung gepackt und nachgeschaut, ob auch niemand der Diener sich auf dem Flur befand. Dann war Celeste auf Zehenspitzen schnell in ihr Zimmer gehuscht, das am anderen Ende des Flurs lag. Müde hatte sie ihre Sachen einfach auf den Boden fallenlassen und war in ihr Bett gestiegen. Ihr ganzer Körper schmerzte, als hätte sie eine Kutsche überrollt, aber noch nie hatte sie sich so gut gefühlt. Mit einem trägen Lächeln schlief sie wieder ein und erwachte erst am Mittag, als die Sonne sie mit ihren Strahlen wach kitzelte.

»Guten Morgen, Mylady!«, begrüßte Jane sie und zog die Vorhänge vor die Fenster, damit sich der Raum nicht so aufheizte. Sie sah erstaunt auf das Kleid, das achtlos am Boden lag. Vermutlich wunderte sie sich, denn normalerweise war Celeste nicht so nachlässig. »Es war wohl ein rauschender Ball gestern, Mylady«, vermutete Jane und hob das Kleid auf.

»Oh ja, Jane. Rauschend ist genau der richtige Ausdruck«, erklärte Celeste mit einem Lächeln auf den Lippen und schwang sich aus dem Bett. Beinah hätten ihre Beine nachgegeben, doch sie hielt sich am Bettpfosten fest und grinste selig.

Celeste konnte es gar nicht abwarten, bis Mary endlich erwachte. Sie musste bis zum späten Nachmittag warten, bis die erste ihrer Schwestern sich sehen ließ.

»Ist Mary schon wach?«, fragte sie an Valentine gewandt.

»Ich habe keine Ahnung«, erklärte diese und gähnte hinter vorgehaltener Hand.

Am liebsten wäre sie nach oben gerannt und hätte Mary geweckt, doch sie übte sich in Geduld und beschloss, nach ihren Rosen zu sehen. Der Boden war noch feucht, es hatte ja in den letzten Tagen geregnet, so mussten sie nicht gegossen werden. Sie beschloss, einen kleinen Strauß zu pflücken, und übergab die Rosen an John, beauftragte ihn, die Blumen dem Duke of Leeds aufs Zimmer zu stellen.

Als sie aus dem Rosengarten zurückkehrte, fand sie Mary unter der großen Kastanie sitzen.

»Da bist du ja endlich«, rief Celeste aufgeregt.

»Wie geht es dir? Besser?«, fragte Mary besorgt. »Du warst plötzlich verschwunden und Grayson sagte, dir würde es nicht gutgehen.«

»Es geht mir wieder gut. Sehr gut sogar«, fügte Celeste hinzu.

»Das ist schön. Ich muss dir unbedingt etwas erzählen«, flüsterte Mary ihr verschwörerisch zu.

»Aha«, erwiderte sie, dabei war es doch Celeste, die eine Neuigkeit loswerden wollte.

»Er hat mich geküsst«, sagte sie leise und blickte sich um, ob auch niemand in der Nähe war, und ihrem Gespräch lauschte.

»Wer?«

»Grayson«, erwiderte Mary, so, als wenn es keine andere Möglichkeit geben würde. »Wir sind beide gemeinsam in der Kutsche zurückgefahren. Deine Schwestern wollten in einer Kutsche sitzen, also blieben wir allein übrig. Grayson hatte sich sofort neben mich gesetzt. Er war sehr unterhaltsam und dann ist es plötzlich geschehen.« Marys Wangen färbten sich dunkelrot.

»Grayson und unterhaltsam, das klingt für mich außerordentlich befremdlich«, bemerkte Celeste.

Mary nickte. »Wenn wir allein sind, ist er so ganz anders, als wenn seine Schwestern oder der Duke of Leeds dabei sind. Er wirkt dann wesentlich jünger und gelöster. Es ist dann so, als ob er für einen kurzen Moment die Aufgaben die er innehat, ablegen kann und ganz er selbst ist.«

Mary wirkte ungemein glücklich. Celeste wollte ihr die

Freude über die Neuigkeiten nicht nehmen, indem sie von sich und Driscoll erzählte, also hielt sie sich zurück und erzählte nichts.

»Glaubst du, er hat ernste Absichten?«, fragte Celeste im ruhigen Ton.

Mary hob verlegen die Schultern. »Wer weiß das schon, bevor er sich erklärt. Ich würde es mir wünschen, doch sicher bin ich mir nicht.«

»Du glaubst, dass Grayson nur mit dir spielt? Das kann ich mir kaum vorstellen. Mein Bruder ist ein ernster Mensch, manchmal sogar ein wenig zu ernst. Wenn er sich für dich interessiert, dann meint er es aufrichtig.« Es war nur eine Einschätzung, doch Celeste war sich dessen sicher.

Vor dem Abendessen lud Grayson auf einen Aperitif in den Salon ein.

»Was ist denn los?«, fragte Eugenie neugierig. »Gibt es etwa was zu feiern?«

»Jetzt sei doch nicht immer so neugierig. Warte es doch ab«, rügte Valentine ihre Schwester und schob sich das schwarze Haar über die Schultern.

Als Grayson und Driscoll den Raum betraten, verteile John die Gläser an alle und verließ, auf einen Fingerzeig von Grayson, den Raum.

»Liebe Schwestern, ich habe heute etwas zu verkünden. Nicht nur, dass ich heute mit dem Duke of Leeds eine Partnerschaft unterzeichnet habe, in der wir gemeinsam ein Gestüt betreiben werden, auch hat Driscoll um Celestes Hand angehalten und ich habe ihm meine Einwilligung gegeben. Ich denke, es war ganz in deinem Sinne, liebe

Schwester.« Grayson blickte Celeste an und erwartete nun wohl von ihr, dass sie dem zustimmte.

Zwar war Celeste überrascht, aber sie nickte mit einem Lächeln, blickte dann Driscoll an, der auf sie zukam, ihre Hände an seine Lippen führte und einen Kuss darauf drückte.

Ihre Schwestern und Mary applaudierten aufgeregt. Alle plapperten durcheinander. »Das ist ja aufregend … Celeste wird wirklich heiraten … wann findet denn die Hochzeit statt … ihr seid so ein schönes Paar … Celeste wird ganz in der Nähe leben …«

Mit roten Wangen blickte Celeste zu ihren Schwestern und konnte nicht glauben, wie ihr geschah. Driscoll blickte auf sie hinunter und lächelte sie fürsorglich an. Es würde alles gut werden. Da war sie sich sicher.

Grayson erhob sein Glas. »Auf das Brautpaar!«, und alle schlossen sich ihm an.

KAPITEL 13

August 1850
Croydon Manor/zwischen London
und Saint Albans

Die Verlobungsfeier fand in einem kleinen familiären Kreis statt und man setzte den Hochzeitstermin auf den 15. September 1850 in London fest. Während sich der Duke of Leeds in den nächsten Wochen um den Verkauf seines Hauses in Chatham kümmerte, war Celeste damit beschäftigt, das Haus in Watford Hall einzurichten. Sie hatte dafür von Driscoll völlig freie Hand bekommen. Ihre Schwestern gingen ihr zur Hand und Celeste bereitete für ihren Bräutigam eine Überraschung vor, indem sie einen Rosengarten mit Johns Hilfe hinter dem Haus anlegte. Dies nahm einige Wochen in Anspruch, an denen Celeste jeden Tag dort arbeitete, denn sie wollte die Stecklinge aus ihrem Rosengarten auf Croyden Manor, hier in den neuen Garten einpflanzen. Dazu auch noch einige von ihren Rosenbüschen, die inzwischen groß genug waren um ebenfalls ausgepflanzt zu werden. Aber ihr ganzer Stolz war die Züchtung, die ihren Namen trug und leicht nach Vanille duftete. Sie hatte Driscoll besonders gut gefallen. Die Belle Celeste. John half ihr auch dabei, den Platz für den Pavillon vorzubereiten, denn diesen würde sie auch dringend benötigen. Sie stellte Personal ein und sorgte dafür, dass das Haus mit Möbeln ausgestattet wurde. Einige Stücke ließ sie von Croyden Manor herüberbringen, an denen ihr Herz hing. Driscoll hatte versprochen, auch Möbel aus seinem Haus in Chatham zu schicken.

An dem Tag, als die Möbel endlich eintrafen, sah es aus, als würde jeden Augenblick der Himmel seine Schleusen öffnen und ein Regenschauer herunterkommen. Celeste trieb die Arbeiter zur Eile an, damit die edlen Hölzer nicht nass wurden, und dadurch unbrauchbar.

Als es an der offenen Tür klopfte, hoffte Celeste im ersten Moment, dass Driscoll endlich zurückgekehrt war. Sie vermisste ihn. Seit mehr als einem Monat war er nun schon fort und bis auf einen Brief, in dem er schrieb, dass der Verkauf des Hauses nur schleppend voranging und er sie sehr vermisste, hatte sie nichts von ihrem Bräutigam gehört.

»Lady Celeste, eine Dame wünscht Sie zu sprechen.« Daisy, das neue Dienstmädchen betonte das Wort *Dame* auf eine eigenartige Art und Weise, die Celeste aufhorchen ließ. Sie hatte in der Bibliothek, die Driscoll auch als Arbeitszimmer nutzen sollte, seine Bücher eingeräumt. Die meisten drehten sich um die Schifffahrt.

»Bringe sie bitte in den Blauen Salon, ich komme sofort«, wies Celeste Daisy an. Sie war ein junges Ding von neunzehn Jahren, etwas rundlich, aber sehr lieb und fleißig. Mit einem Knicks verließ Daisy den Raum und Celeste legte die Bücher, die sie in der Hand hielt, zurück in den Koffer, strich die Röcke ihres Hauskleides glatt und machte sich auf in den Blauen Salon, den sie zu ihrem Zimmer erkoren hatte.

Eine Frau, aufwendig gekleidet, mit einem Hut auf dem Kopf, den eine große Feder schmückte, sah sie erwartungsvoll über die Schulter hinweg an. Erst als sie sich umdrehte, sah sie, dass die Frau hochschwanger war.

»Lady Celeste Brisbin?«, fragte sie in einem arroganten Ton und ihre Stimme hörte sich an, als würde sie täglich eine Flasche Brandy trinken.

Celeste nickte. »Wie kann ich Ihnen helfen?«

»Mein Name ist Penny Spencer. Ich bin die Duchess of Leeds und Ehefrau von Driscoll Spencer. Ich habe gehört, dass Sie sich mit meinem Mann verlobt haben!«

Celeste brauchte einige Sekunden, bis sie überhaupt verstand, was diese Frau da gerade geäußert hatte. Sie blicke von ihrem Gesicht, zu dem großen Bauch und wieder zurück. »Die Duchess of Leeds?«, stammelte Celeste, als ihr endlich aufging, was das zu bedeuten hatte. »Ich glaube, das muss ein Missverständnis sein. Der Duke of Leeds ist nicht verheiratet.«

Die Dame lachte hart auf. »Ja, das erzählt Driscoll jeder Frau, die ihm gefällt. Aber Sie können mir glauben, die Wahrheit sieht ganz anders aus, denn sonst wäre dieser hier bestimmt nicht so dick.« Sie deutete auf ihren voluminösen Bauch.

Celeste brauchte etwas, um sich festzuhalten. »Bitte

setzen Sie sich doch«, bot sie der Dame einen Platz an und setzte sich ebenfalls, nachdem diese auf dem Sofa platzgenommen hatte. Celeste hatte es vorgezogen, sich in einen Sessel zu setzen. Sie versuchte Haltung zu wahren. Diese Dame, wenn man sie so nennen konnte, schien ihr nicht ganz geheuer. Sie war keineswegs jemand, der aus der guten Gesellschaft kam, dass erkannte man auf dem ersten Blick. Weder ihr Aussehen noch ihre Sprache zeugten von einer guten Erziehung. Ihre Haut war ein wenig unrein und großporig, der Schmuck, den sie trug, nicht echt und die Kleidung viel zu auffällig. Irgendetwas stimmte hier ganz gewaltig nicht.

»Mrs. Spencer, ich denke, Sie verstehen, dass ich für Ihre Behauptungen einen Beweis brauche. Driscoll hat mir nicht erzählt, dass er einmal verheiratet war.«

»Sie missverstehen mich, Lady Celeste. Die richtige Anrede lautet Ihre Gnaden, denn ich bin immer noch mit dem Duke verheiratet. Daher dürfte Ihre Verlobung null und nichtig sein. Ist das Ihr Verlobungsring?« Sie blickte auf Celestes Hand, an der sie den Ring trug, den Driscoll ihr zur Verlobung geschenkt hatte.

Schnell schob sie die Falten ihres Kleides darüber. »Nein«, erklärte sie, »es ist der Ring meiner verstorbenen Großmutter.« Zumindest war es nicht gelogen, denn Grayson hatte ihn Driscoll geliehen, bis er Celeste einen eigenen, extra in London für sie angefertigten Ring, anstecken konnte. Celeste sah sie nun fragend an und wartete auf die Vorlage von Beweisen, für die Behauptung, dass Driscoll bereits verheiratet war.

Penny Spencer öffnete eine abgenutzte Reisetasche, die sie bei sich trug, und holte ein Schriftstück hervor, das sie an

Celeste weiterreichte. »Natürlich habe ich Beweise. Das hier ist unsere Heiratsurkunde. Ausgestellt vor drei Jahren.«

Celeste faltete es auseinander und überflog es und konnte nicht glauben, was sie da las. So wie es auf dem ersten Blick aussah, war das Dokument echt. Beglaubigt und besiegelt. Die Buchstaben verschwommen ihr vor Augen, Übelkeit stieg in ihr hoch.

»Er hat uns ja so ein schönes Haus gekauft. Jetzt, wo er bald einen Erben bekommt.« Penny sah sich glücklich um und strich über ihren Bauch. Sie sah älter als Driscoll aus. Celeste schätze sie auf Mitte bis Ende dreißig.

»Ihr Haus?« Erst jetzt wurde Celeste die Tragweite der ganzen Tragödie klar. Sie würde niemals hier einziehen, wie würde ihren Rosengarten verlieren und viel wichtiger, *SIE* würde niemals Driscolls Frau werden. Diesen Skandal würde sie nicht überleben und ihrer Familie einen großen Schaden zufügen.

»Darf ich fragen, wo sich Ihr Gemahl zurzeit befindet?« Graysons Stimme war beherrscht, aber nicht freundlich.

»Er erzählt mir nie von seinen Reisen. Mal ist er hier, mal ist er dort. Wichtig ist nur, dass er immer wieder zu mir zurückkehrt.« Penny Spencer lächelte Grayson an. Sie hatte eine kleine Zahnlücke zwischen den beiden Vorderzähnen, was sie leicht lispeln ließ. Auf ihn machte sie nicht den Eindruck einer Duchess. Sie sah aus wie eine Kurtisane, die ihre besten Jahre bereits hinter sich hatte, ging es ihm abfällig durch den Kopf. Es war unmöglich, dass Driscoll mit dieser Frau verheiratet war, und doch lag der Beweis hier vor ihm auf den Tisch. Celeste hatte ihn benachrichtigt und er nahm diese Penny Spencer in seinem Arbeitszimmer genau unter die Lupe

»Ich bin mir sicher, dass er bald zurückkehren wird, denn das Kind wird bald geboren und er hat mir versprochen, bei der Geburt in meiner Nähe zu sein. Schließlich will er seinen Stammhalter in Augenschein nehmen, sobald dieser auf der Welt ist.«

Es schüttelte Grayson. Ein Kind mit dieser Frau zu zeugen, war das Schlimmste, was er sich vorstellen konnte. Nein, das Schlimmste war seine weinende Schwester in der ersten Etage. Er hatte Mary gebeten, sich um Celeste zu kümmern, doch sie hatte niemanden sehen wollen, nur ihr leises Schluchzen war durch die Tür zu hören gewesen, und es hatte ihm das Herz zerrissen.

»Nun, so wie es aussieht, werden Sie dann wohl in dem Landhaus wohnen wollen, bis Driscoll zurückkehrt.«

»Genauso sieht es aus«, erklärte Penny und reckte ihr Kinn in die Höhe.

»Ich werde meine Möbel wieder aus dem Haus schaffen«, ertönte eine Stimme von der Tür. Grayson hatte nicht gehört, dass sie sich geöffnet hatte. Nun stand dort Celeste, augenscheinlich die Ruhe selbst.

»Oh, das wird nicht notwendig sein«, sagte Penny gnädigerweise.

»Oh doch. Es sind meine Möbel und ich werde sie selbstverständlich wieder mitnehmen. Ebenso meine Rosenstöcke«, erklärte Celeste von oben herab und trat neben ihren Bruder hinter den Schreibtisch.

»Ihre Rosenstöcke?« Penny lachte albern.

»Die Rosenstöcke dürften mehr Wert haben, als ihr

Kleid.« Celestes Blick war an Hochmut nicht mehr zu übertreffen.

»Was? Aber wer sagt denn, dass es Ihre Rosenstöcke sind? Sie stehen immerhin auf dem Grund und Boden meines Ehegatten.«

»Ich habe sie in den letzten Wochen dort selbst gepflanzt, zusammen mit meinem Diener. Sie können ihn gerne befragen.«

Penny winkte gelassen mit der Hand. »Nehmen Sie Ihre Rosen mit. Es wird das Einzige sein, was Ihnen bleibt.«

Celeste schnaufte, doch sie erwiderte nichts auf diese Frechheit, sondern lächelte ergeben.

Grayson erhob sich. »Ich denke, dann sind wir hier wohl fertig.« Er wollte diese Farce so schnell wie möglich beenden und hatte auch ein wenig Angst, dass Celeste doch noch ihre Fassung verlieren könnte, was er ihr nicht verdenken würde.

»Sie wollen mich wohl aus dem Haus haben.« Penny erhob sich schwerfällig.

»Sie haben ja nun ein eigenes Haus. Viel Glück damit«, sagte Celeste und hielt ihr die Tür auf. Sobald Penny Spencer über die Schwelle getreten war, warf Celeste die Tür laut ins Schloss und trat einen Schritt zur Seite, damit ihr Kleid nicht zwischen Rahmen und Tür eingeklemmt wurde.

»Hast du so etwas schon mal erlebt?« Celeste ließ sich in einen der Sessel nieder, die vor dem Kamin standen. Niemals würde sie sich wieder auf den Stuhl vor dem Schreibtisch niederlassen, wo diese impertinente Person gegessen hatte.

Grayson erhob sich und ging hinüber zu dem kleinen

Tisch, goss zwei Gläser Brandy ein und reichte eines davon seiner Schwester. »Ich glaube, den kannst du jetzt gebrauchen.«

Wie recht er doch hatte.

Sie nippte an dem Glas und fühlte, wie die scharfe Flüssigkeit ihre Kehle entlang rann, ihr Hals sich erwärmte.

»Wie konnte Driscoll diese Frau nur heiraten? Warum hat er nichts gesagt? Hat er wirklich geglaubt, es würde nicht ans Tageslicht kommen, dass er verheiratet ist?« Celeste schüttelte unwillig den Kopf. Sie konnte es einfach nicht verstehen. Immer und immer wieder hatte sie darüber nachgedacht, doch war sie zu keiner Antwort gekommen.

»Wir müssen warten, bis Driscoll zurückkehrt. Er wird uns Rede und Antwort stehen müssen«, sagte Grayson bestimmt.

»Ich werde ganz bestimmt nie wieder ein Wort mit ihm wechseln, das kannst du mir glauben.«

Grayson atmete schwer. »Wir sollten nicht zu vorschnell urteilen.«

»Natürlich bist du auf der Seite deines Freundes«, schimpfte Celeste beleidigt.

»Das stimmt nicht. Ich bin immer auf der Seite der Familie, das bedeutet auch auf deiner Seite. Diese Frau ist wirklich … mir fehlen die Worte dafür.«

»Sie hatte es sogar auf Großmutters Ring abgesehen. Ich hoffe, dass ich dieser Frau nie wieder begegnen muss.«

»Ich werde dafür sorgen, dass du das nicht musst.«

Tränen traten ihr in die Augen und sie ließ sie laufen. Sie rannen ihr die Wangen hinunter, einige Tropfen landeten auf ihrem Rock und wurden als dunkle Flecken sichtbar, aber Celeste war noch nicht einmal in der Lage sie aufzufangen.

Sie weinte, bis sie keine Tränen mehr hatte, und Grayson saß bei ihr und hielt ihre Hand. Er sagte nichts, das war auch noch nicht einmal nötig. Er spendete ihr Trost, ohne Mitleid zu zeigen und dafür war Celeste ihm unendlich dankbar, denn Mitleid war das Letzte, was sie jetzt noch brauchte. Es dauerte eine Weile, bis sie sich beruhigte und wieder normal atmen konnte. Grayson reichte ihr ein Taschentuch und sie wischte die Spuren ihrer Trauer aus dem Gesicht.

»Er bekommt ein Kind«, sagte sie dann abgeklärt. »Dagegen komme ich nicht an.«

Grayson räusperte sich. »Und was ist, wenn du es auch bist? Wenn du auch ein Kind von ihm erwartest?«

Erschrocken blickte sie ihn an, dann verlegen auf die Hände in ihrem Schoß. »Du weißt es? Hat er es dir etwa erzählt?«

»Nein Celeste. Ich habe dich aus seinem Zimmer kommen sehen. Dieses Wissen wird niemals wieder meine Lippen verlassen, das verspreche ich dir. Wie auch immer es ausgeht. Wir werden damit fertig werden. Du hast mich, uns, wir sind deine Familie.«

Celeste erhob sich und drückte ihn. »Lieben Dank, Grayson. Du bist ein wirklicher Bruder.«

Er tätschelte ihre Hand und nickte aufmunternd.

KAPITEL 14

August 1850
Hamilton Place, Mayfair,
London

Eigentlich hielt Celeste sich nie gerne in London auf, doch seit inzwischen zwei Wochen, die sie nun schon hier verweilte, kam ihr die Stadt wie eine blühende Insel vor. Sie hatte sich um den großen Garten gekümmert, der zum Stadthaus der Familie Brisbin gehörte. Er war bisher von einem Gärtner versorgt worden, der leider nicht viel Fantasie für die Schönheit und das Aussehen eines Gartens besaß. Er war eher ein Handwerker, führte die Aufträge präzise aus, die Celeste ihm auftrug. Georgina hatte sie begleitet, während der Rest der Familie noch in Croyden Manor verweilte. Auch Mary war noch dortgeblieben, was Celeste ihr nicht übelnahm. Sie hoffte, dass Grayson um Marys Hand anhalten würde und tat alles, damit sie Zeit miteinander verbringen konnten. Sie hingegen hatte das Landhaus verlassen, bevor sie auf Driscoll treffen konnte. Ihm zu begegnen wäre zu viel für sie gewesen. Da die Verlobung nur im Rahmen der Familie stattgefunden hatte, ließ sie bei Rückfragen verlauten, dass es sich bei der Verlobung nur um ein Gerücht handelte. Sie wusste nicht, ob man ihr glaubte, doch bald würde Gras über die Sache gewachsen sein. Sie musste nur dafür sorgen, dass es bald einen anderen Verehrer gab, der um sie warb. Doch so einfach, wie sie gedacht hatte, funktionierte das nicht. Es würde kein Mann einfach an ihre Tür klopfen und um ihre Hand anhalten. Dazu musste sie schon das Haus verlassen und sich in der Öffentlichkeit zeigen oder den Einladungen folgeleisten und das tat sie nur ungern.

»Wir sollten in die Oper gehen. Die Babingtons sind in der Stadt. Ich habe heute morgen auf dem Markt James getroffen und er hat uns heute zu einem Opernabend eingeladen. Ich habe ihm geantwortet, dass wir ihm bis zum Nachmittag Bescheid geben«, berichtete Georgina gut gelaunt.

»Die Oper?«, fragte Celeste nachdenklich. »Ja, warum eigentlich nicht?«

Celeste war eigentlich nicht nach Unterhaltung zumute, doch sie riss sich zusammen. Sie lächelte, wenn gelächelt werden musste, nickte beflissen an den richtigen Stellen, doch wie es in ihr aussah, das verriet sie niemanden.

Sie trug heute das weiße Kleid mit den Rosen, steckte ihr Haar hoch, das auch mit kleinen Blüten verziert war. Sie sah hinreißend aus, auch wenn sie sich nicht so fühlte.

James Babington holte sie mit der Kutsche ab und war ein glänzender Unterhalter. Celeste und Georgina unterhielten sich ausgezeichnet. In der Oper trafen sie auf den Rest der Familie Babington.

»Mary hat uns geschrieben, dass sie bald nach London kommen wird. Ihr Bruder wird sie in seiner Kutsche mitnehmen«, erzählte Lady Conteville voller Eifer.

Das hatte nur eines zu bedeuten. Wenn Grayson nach London kam, war der Duke of Leeds zurückgekehrt. Celestes Herz begann aufgeregt zu schlagen und ihre Hände zitterten, doch sie lächelte tapfer. »Ich freue mich, Mary endlich wiederzusehen.«

Die Oper war gefüllt mit Menschen mit ihren kostbaren Roben und wertvollem Geschmeide. Man beobachtete Celeste sehr genau, flüsterte hinter vorgehaltener Hand über sie. Es waren aber alles nur Gerüchte, niemand wusste etwas Genaues. Daher ignorierte Celeste die neugierigen Blicke. James kümmerte sich rührend um sie, unterhielt sich mit Celeste und bot ihr den Arm an, als sie hinauf zur Loge gingen.

»Es ist sicher nicht leicht für Sie, all diese neugierigen Blicke«, flüsterte er ihr zu.

»Nein, das ist es wahrlich nicht. Alle dachten, ich würde den Herzog heiraten, aber er ist nur ein Geschäftspartner meines Bruders.« Celeste hoffte, dass ihre Lüge James überzeugte, obwohl es ihr schwerfiel, ihn anzulügen. Am liebsten hätte sie in der ganzen Welt hinausgeschrien, was für ein Schuft dieser Duke of Leeds war, doch das konnte sie nicht tun, womöglich würde man sie noch in eine Heilanstalt einweisen und für verrückt erklären.

Celeste nahm neben Lady Conteville Platz. Sie hatten einen hervorragenden Ausblick auf die Bühne.

»Was sehen wir denn heute?«, fragte Celeste an James gewandt, der hinter ihnen Platz genommen hatte.

»Othello. Ein Drama in drei Akten«, raunte er ihr zu.

»Oh, ich habe schon davon gehört. Die Vorlage stammt von William Shakespeare, nicht wahr?«

»Sie mögen die Oper?«, fragte er überrascht.

»Ja, sehr sogar«, gab Celeste zu.

»Ich auch.« James sah sie lächelnd an und zum ersten Mal glaubte Celeste wieder daran, dass alles gut werden würde. Es würde für sie ein Leben ohne Driscoll Spencer geben und es würde ein schönes Leben sein.

Nach der Oper geleitete James die beiden Damen in der Kutsche wieder zurück zur Stadtvilla. Georgina war so müde, dass sie sich sofort verabschiedete und ins Haus verschwand, während Celeste sich für den schönen Abend bedankte.

»Morgen soll es ein schöner Tag werden. Würden Sie mir die Ehre erweisen und mich auf einen Ausflug in den Hyde-Park begleiten?«, sprach James eine Einladung aus.

Celeste lächelte. Sie hatte Mary gesagt, dass James wie ein Bruder für sie war, doch heute hatte sie festgestellt, dass es sich überhaupt nicht so anfühlte, wenn sie mit ihm zusammen war. Es gab also keinen Grund, seine Einladung auszuschlagen. »Sehr gerne, ich würde mich freuen. Und Sie sind sicher, dass Sie sich mit mir zeigen wollen?« Es war als Scherz gedacht und James verstand, was sie meinte.

»Ich werde das Risiko eingehen, Lady Celeste. Es wird meinen Ruf nicht ruinieren.«

»Da wäre ich mir nicht so sicher, mein lieber James. Also sehen wir uns am Nachmittag?«

Er nickte ihr zu und nahm ihre Hand. »Ich freue mich. Ich wünsche Ihnen eine gute Nacht, Celeste.« Er verbeugte sich und stieg wieder in die Kutsche, während Celeste das Haus betrat.

KAPITEL 15

August 1850, einige Tage zuvor
Croydon Manor/zwischen London
und Saint Albans

Schwungvoll stieg Driscoll von seinem Schimmel und übergab das Pferd dem Stallburschen. Mit großen Schritten lief er die Treppen hinauf. Ein wenig wunderte es ihn, dass niemand sein Kommen bemerkte. So betätigte er den Türklopfer und musste einen Augenblick warten, bis John öffnete.

»Euer Gnaden.«

»John! Ich wünsche Ihnen einen schönen Tag. Ich kann Ihnen gar nicht sagen, wie froh ich bin, wieder auf Croyden Manor zu sein. Ist Lady Celeste im Haus?«

John räusperte sich. »Ich bedaure.« Mehr sagte er nicht.

Driscoll hob fragend eine Augenbraue.

»Seine Gnaden erwartet Sie in der Bibliothek.« Endlich öffnete sich die Tür weiter, sodass er eintreten konnte.

John geleitete ihn den Weg durch die Halle, obwohl er den Weg kannte und er fragte sich, was geschehen war, dass sich das alles so merkwürdig anfühlte. Nachdem John ihn anmeldete, schloss er hinter ihm die Tür der Bibliothek.

Grayson saß hinter dem Schreibtisch und als er Driscoll erblickte, erhob er sich.

»Grayson, wie schön dich zu sehen. Wo ist denn Celeste?«, fragte er sofort.

»Celeste ist vor zwei Wochen nach London gereist«, erklärte Grayson, ohne ihn zu begrüßen.

»London? Bereitet sie schon die Hochzeit vor?«, fragte er erfreut.

»Nein, ich denke, das war keineswegs ihre Motivation in die Stadt zu fahren. Ich denke eher, dass sie ein wenig Abstand zu deiner Ehefrau finden wollte.«

Dieser Satz traf Driscoll wie ein Schlag. Im ersten Moment musste er die Worte erst einmal sortieren, um den Sinn dahinter zu verstehen. »Meine Ehefrau? Welche Ehefrau?«, fragte er und trat näher an den Schreibtisch.

»Vor vierzehn Tagen ist hier eine Frau namens Penny Spencer aufgetaucht, die uns sehr glaubhaft versicherte, dass sie die Duchess of Leeds ist, und somit deine Gattin.«

Driscoll lachte. »Das ist ein Scherz oder? Ein Possenspiel, das nicht sehr lustig ist, wenn ich bemerken darf.«

Grayson schüttelte den Kopf. »Es handelt sich hier keineswegs um einen Jux, eher um eine Schmierenkomödie, die auf dem Rücken meiner Schwester ausgetragen wird.« Er hatte seine Stimme erhoben und Driscoll erkannte den Ernst der Lage.

»Grayson, ich schwöre dir, dass ich nicht weiß, von wem du sprichst. Ich kann dir versichern, dass ich keineswegs verheiratet bin.« Verzweiflung war aus seinen Worten zu hören.

Graysons Blick wurde ein wenig unsicher. Ihm war anzusehen, dass er noch nicht gewillt war, ihm zu glauben, aber es zumindest in Erwägung zog.

»Dir ist also keine Penny Spencer bekannt?«

»Nein, natürlich nicht. Ich habe keine Ahnung, wer das sein sollte. Wieso behauptet diese Frau, meine Ehefrau zu sein? Das ist vollkommen absurd.«

»Nun, sie behauptet es nicht nur, sondern konnte auch eine beglaubigte Heiratsurkunde vorlegen.«

»Was?« Driscoll glaubte, seinen Ohren nicht zu trauen. Das alles konnte unmöglich wahr sein. Es fühlte sich an, als befände er sich in einem schrecklichen Albtraum, aus dem er nicht erwachen konnte.

»Wo finde ich diese Person? Ich will mit eigenen Augen sehen, wenn Sie diese Lügen bestätigt. Nicht, dass ich an deinen Worten zweifle, mein Freund.«

»Sie befindet sich in deinem Haus auf Watford Hall«, erklärte Grayson.

»Das wird ja immer schöner.« Er wandte sich der Tür zu.

»Driscoll, bevor du dich dorthin begibst, muss ich dich noch über ihren Zustand in Kenntnis setzen.«

Spencer blieb stehen und sah seinen Freund geschockt an. Was würde denn jetzt noch kommen?

»Deine Frau ist in anderen Umständen. Sie ist

hochschwanger und wird in wenigen Wochen dein Kind gebären.«

Für einen Augenblick wurde es schwarz vor Driscolls Augen. Er schwankte, fing sich dann aber wieder. »Sie ist nicht meine Frau und das ist gewiss nicht mein Kind«, presste er leise hervor. »Und das werden wir jetzt sofort klären.«

Grayson brauchte einen Moment, dann nickte er. »Wenn du möchtest, werde ich dich begleiten.«

»Vielleicht wäre das keine schlechte Idee, bevor ich noch einen Mord begehe«, knurrte Driscoll und lief mit großen Schritten zur Tür.

»John!«, rief Grayson nach dem Hausdiener. »Bitte lassen Sie mein Pferd satteln. Schnell, ich habe es eilig.«

Driscoll war überrascht, wie sehr sich das kleine Anwesen verändert hatte, als er sein Pferd zügelte und abstieg. Das Haus sah bewohnt aus, Blumen waren überall gepflanzt worden und er wusste auch, wessen Handschrift das alles trug. Allerdings gab es in den Beeten vor dem Haus einige Löcher, die dort nicht hingehörten und Driscoll warf Grayson einen fragenden Blick zu.

»Celeste hat ihre Rosen wieder mitgenommen, sowie einen Teil der Möbel, die ihr gehörten. Sie wurde quasi auf die Straße gesetzt.«

Wut kochte in ihm hoch. Jetzt wusste er auch, warum Celeste sich in London aufhielt. Er ballte seine Hände zu Fäusten und hämmerte gegen die Tür.

Es dauerte, bis die Tür geöffnet wurde. Eine junge Frau blickte ihn fragend an.

»Guten Tag, Daisy. Ist die Duchess of Leeds zu sprechen?«, fragte Grayson und kam hinter dem breiten Rücken von Driscoll zum Vorschein.

»Oh, Euer Gnaden. Natürlich. Bitte treten Sie doch ein. Ich sage Ihre Gnaden sofort Bescheid. Vielleicht möchten Sie im Salon warten.«

Sofort lief Daisy die Treppe in das Obergeschoss hinauf.

Driscoll betrat den großen Salon, in dem ein Teil seiner Möbel aufgestellt waren. Es gab einige Lücken, die davon zeugten, dass hier auch andere Möbel platzgefunden hatten und es versetzte seinem Herzen einen Stich, wenn er daran dachte, dass es die Möbel von Celestes gewesen sein mussten.

»Mylady kommt sofort«, meldete Daisy und verschwand augenblicklich.

Laute Schritte wurden auf der Treppe hörbar und wenig später betrat eine Frau den Raum. Sie trug einen immensen Bauch vor sich her, war nur mit einem Morgenmantel bekleidet. Das Haar hing ihr lose über die Schulter. Stützend presste sie eine Hand in den Rücken.

»Ah, Euer Gnaden! Ihr habt also den Weg doch noch zurück nach Hause gefunden«, rief sie nicht gerade begeistert. »Bitte entschuldig, ich muss mich setzen. Mir geht es heute nicht sehr gut. Euer Kind ärgert mich doch gewaltig.« Sie ließ sich plump in einen Sessel fallen. Anders, als es einer Duchess würdig gewesen wäre.

Grayson blickte ihn an und Driscoll schüttelte leicht den Kopf.

Er trat näher auf die Frau zu. »Darf ich fragen, wer Sie sind?«, fragte er und musste um Fassung ringen.

Sie lachte. »Jetzt tu doch nicht so. Ich habe schon von

deinen Spielchen, der plötzlich auftretenden Unwissenheit gehört und dass du dich verlobt hast, obwohl wir beide verheiratet sind.«

»Wie bitte? Ich denke, Sie haben Ihren Verstand verloren. Wann und wo sollten wir uns schon mal begegnet sein?«

Theatralisch warf sie die Hände in die Luft. »Muss ich dir das jetzt wirklich erklären. Wir sind seit drei Jahren verheiratet, dein Kind wächst in mir heran und du tust so, als würdest du mich nicht kennen? Das ist wirklich kein feiner Zug von dir, Driscoll.«

»Ich verbitte mir diese vertraute Anrede. Sie sind weder meine Frau, noch erwarten Sie mein Kind, um dies einmal richtigzustellen.« Driscoll schrie laut auf und erst die Hand seines Freundes auf seiner Schulter brachte ihn zur Räson.

»In der obersten Schublade finden Sie den Beweis«, sagte sie und deutete auf die Anrichte.

Grayson machte sich daran und holte das Papier hervor. Es war die Urkunde, die sie ihm und Celeste auch vorgelegt hatte. Er reichte sie an Driscoll weiter, der sie kurz studierte.

»Das habe ich niemals unterschrieben. Ich hege große Zweifel daran, dass das meine Unterschrift ist.«

Die Frau lachte. »Ich kann mir gut vorstellen, dass du dich daran nicht erinnerst. Immerhin warst du voll, wie ein Fass Brandy, vor dem Anschlag. Dennoch hat es diese Heirat gegeben und das Kind habe ich auch nicht allein gezeugt.« Sie blickte ihn hochmütig an.

»Wann bitte, soll dieses Kind entstanden sein?«

»Vor neun Monaten in Chatham. Du warst gerade von einer Seereise zurückgekehrt und hast den Titel von deinem Cousin geerbt.«

Woher hatte diese Frau all ihre Informationen? Sie verfügte über Details, von denen er wusste, dass sie stimmten, sich aber sicher war, dass sie trotzdem log. Er hatte niemals bei dieser Frau gelegen, zumindest nicht vor neun Monaten. Er schüttelte den Kopf. »Ich werde nach Chatham reiten und prüfen lassen, ob das Dokument echt ist.«

»Du willst mich allein lassen, so kurz vor der Niederkunft. Das Kind kann jeden Augenblick zur Welt kommen. Ich bin ganz allein hier, außer diesem jungen Dienstmädchen.« Sie schloss die Augen und legte den Kopf in den Nacken. »Du wirst einen Erben bekommen, daran geht kein Weg vorbei.«

»Ich werde dieses Kind auf keinen Fall als meines anerkennen«, murmelte Driscoll.

»Es wird deinen Titel erben«, rief sie empört.

»Wenn es ein Junge wird«, gab Grayson zu bedenken. »Auch wenn Sie sich Ihrer Sache sehr sicher sind, wissen Sie es nicht genau, mit Verlaub.« Grayson hatte keine Lust, dieser Farce weiter beizuwohnen. Als Beobachter wurde ihm klar, dass diese Frau nicht ganz echt war. Etwas stimmte hier nicht und er war sich sicher, dass Driscoll hier vorgeführt wurde. Er sagte die Wahrheit, dass er diese Frau nicht kannte, so viel war für Grayson klar.

»Ich würde mich anbieten, nach Chatham zu reisen, um Licht ins Dunkle zu bringen«, bot er an.

»Das würdest du tun?« Driscoll sah ihn dankbar an.

»Natürlich. Ich werde die Urkunde an mich nehmen.«

»Halt! Sie gehört mir!« Die Frau sprang so schnell auf die Beine, dass Driscoll einen Schritt zurücktrat.

»Ich bin ein Ehrenmann und werde sie Ihnen wieder

zurückbringen. Damit bürge ich mit meinem Namen, Mylady«, erklärte Grayson. »Doch wenn Sie wollen, dass wir Ihre Behauptungen prüfen, müssen Sie mir vertrauen.«

Man sah ihrem Gesichtsausdruck an, dass sie diese Wendung nicht bedacht hatte. »Sie wollen, dass Ihr Kind einmal den Titel eines Dukes tragen wird, dann müssen Sie sich dem beugen«, erklärte Dricsoll und sah, wie sie mit sich rang. Nach kurzem Überlegen nickte sie.

»Gut, Sie werden feststellen, dass ich die Wahrheit sage«, gab sie nach. »Fahren Sie nach Chatham, wenn Sie zurück sind, wir hoffentlich das Kind auf der Welt sein.«

Driscoll wusste nicht, ob das etwas Gutes oder eher Schlechtes war.

KAPITEL 16

August 1850
Croydon Manor/zwischen London
und Saint Albans

Grayson lud Driscoll ein, weiterhin auf Croyden Manor zu wohnen, da er ihm nicht zumuten wollte, das Haus mit Penny Spencer zu teilen. Er mied allerdings das gemeinsame Abendessen und Mary war so freundlich, ihm ein wenig Essen auf sein Zimmer zu schicken.

»Ich werde morgenfrüh nach Chatham fahren«, erklärte Grayson nach dem Abendessen, als er mit Mary noch einen Mokka trank. Seine Schwestern hatten sich bereits auf ihre Zimmer zurückgezogen. Niemandem stand heute der Sinn nach Abendunterhaltung.

»Wenn du möchtest, werde ich dich bei deiner Familie in London absetzen können«, bot er ihr an.

Doch Mary schüttelte den Kopf. »Ich sollte vielleicht auf deine Rückkehr warten. Ich traue dieser Frau nicht und vielleicht sollte jemand hier sein, um dem Duke den Rücken zu stärken. Auf deine Schwestern kann er im Moment nicht hoffen. Sie sind immer noch böse mit ihm, weil er Celeste angeblich so elendig verraten hat.«

Grayson nickte. »Das ist sehr umsichtig von dir und ich danke dir.« Er blickte sie ernst an. »Du bist also auch der Meinung, dass Driscoll hier betrogen werden soll?«

Mary nickte. »Diese Frau ist niemals eine Duchess. Schau sie dir doch an. Sie kommt vermutlich aus einer Spelunke, in der man einen Plan ausgeheckt hat, um Driscoll hinters Licht zu führen.«

»Was weißt du über Spelunken?«, fragte er und lächelte.

»Mehr, als du vielleicht denkst. Wie du weißt, lebe ich in London und habe zwei ältere Brüder, da bekommt man dann doch das ein oder andere mit«, wisperte sie und erwiderte sein Lächeln. Mary trug heute ein rosafarbenes Kleid. Es war aus feinem Musselin gearbeitet mit kleinen Bordüren und sie sah sehr hübsch damit aus. Es brachte ihr weizenblondes Haar gut zur Geltung.

In den letzten Wochen war Mary ihm eine große Hilfe und Unterstützung gewesen. Sie hatte sich um die Mädchen gekümmert, als Celeste nach London gereist war. Sie kümmerte sich um das Personal, führte das Haus, als wäre sie hier zu Hause. Obwohl er sie schon so lange kannte, entdeckte er immer wieder neue Seiten an ihr.

»Ich werde heute auch früh zu Bett gehen«, erklärte sie und erhob sich. »Ich wünsche dir morgen eine gute Reise und hoffe, dass du etwas findest, was den Herzog entlastet.« Sie nickte ihm zu.

»Warte, Mary, ich begleite dich nach oben.« Schnell erhob er sich und nahm einen Kerzenhalter mit. Es war mittlerweile bereits dunkel und er wollte nicht, dass sie vielleicht auf der Treppe stürzte. Er entließ John, der darauf wartete, Mary zu Diensten zu sein, und wies ihn an, dass die Kutsche nach dem Frühstück für ihn bereitstand.

An der Tür hielten Mary und er inne. Sie öffnete und trat ein. Der Raum lag im Dunkeln. »Soll ich den Kandelaber anzünden?«, fragte Grayson, und ohne auf ihre Antwort zu warten, betrat er das Schlafgemach, entfachte das Licht, das hüpfend seine Schatten an die Wand warf. Mary schloss die Tür. Sobald er das leise Klicken des Schlosses hörte, drehte er sich zu ihr um.

Mary stand mitten im Raum und hatte ihr Kleid zu Boden rauschen lassen. Auch die Krinoline hatte sie bereits abgelegt und trug nur noch das dünne Chemise. »Du wirst lange weg sein«, sagte sie atemlos und ihre Wangen schienen zu glühen. »Hältst du mich jetzt für liederlich?«

Grayson hatte die Kerze auf dem Nachttisch abgestellt und kam auf sie zu. »Warum sollte ich das von dir denken?«

»Nun, weil …« Sie hob hilflos die Schultern.

Es gefiel ihm, wie sie sich wand und ihn errötend anblickte. Er streckte die Hand aus, um den Rand ihres Unterkleides entlang zu fahren. »Du hast recht. Ich werde eine Weile weg sein und wenn ich zurückkehre, wirst du vielleicht schon wieder in London sein, bei deiner Familie.«

Sie atmete hektisch, ihr kleiner Busenansatz hob und senkte sich. Unter dem dünnen Hemd sah er, wie ihre Brustspitzen hart wurden, was er sehr erregend fand.

»Zieh mich aus«, forderte er und Marys veilchenblaue Augen leuchteten auf.

Sie machte sich daran, ihm das goldfarbene Samtjackett von den Schultern zu streifen. Sie löste seine Krawatte und öffnete das Hemd, dass er sich aus dem Hosenbund zog. Sie konnte es nicht abwarten, ihm das Hemd über den Kopf zu ziehen, und warf es dann achtlos zur Seite.

Ein Rütteln an der Tür schreckte sie auf.

»Lady Mary, benötigen Sie noch etwas?«, rief ihre Kammerzofe durch die geschlossene Tür. Zum Glück hatte Mary sie abgeschlossen.

»Nein danke. Ich schlafe bereits«, erwiderte Mary schläfrig.

»Dann wünsche ich Ihnen eine gute Nacht, Mylady.«

Es waren Schritte zu hören, die sich entfernten und Mary lächelte erleichtert zu Grayson auf.

»Zieh es aus«, er deutete auf ihr Unterkleid. Langsam, aber ohne Scham, zog sie den Rest ihrer Kleidung aus und stand nun nackt, wie Gott sie schuf, vor ihm.

»Die Stiefel, Euer Gnaden. Darf ich euch behilflich sein?«, fragte Mary mit einem gekonnten Wimpernaufschlag.

Grayson rauschte der Puls laut in den Ohren. Er hatte noch nie etwas Verführerisches gesehen, als diese Frau. Ihre üppigen Kurven standen ganz im Kontrast zu ihrem zarten Gesicht und er starrte sie wie ein Jüngling an, der zum ersten Mal einen zarten Frauenkörper wahrnahm. Er setzte sich auf das Bett und Mary war ihm behilflich, seine Stiefel auszuziehen. Sie bewegte sich vollkommen ungeniert, was neu für Grayson war. Niemals hätte er das von Mary erwartet. Nachdem auch er sich aller Kleidung entledigt hatte, setzte sie sich ihm auf den Schoß und legte ihre Arme um seinen Hals, schmiegt sich an ihn. »Du wirst mir fehlen, wenn du morgen wegfährst«, gab sie zu.

»Ich werde mich beeilen, damit ich schnell zu dir zurückkehre.« Grayson blickte auf ihren Mund, der ihn so verführerisch rot anlächelte. Er berührte ihre Schultern, den Hals, fuhr mit den Fingerspitzen über ihre Haut und Mary legte den Kopf in den Nacken, ließ es geschehen.

»Du bist eine so betörende Frau«, murmelte er und fuhr mit seinen Lippen den Weg seiner Hände nach. »Und ich frage mich, ob du bereit bist, mir alles von dir zu geben.« Seine Worte waren nur leise zu verstehen, dennoch hatte sie ihn verstanden, denn sie blickte ihn an und umfasste sein Gesicht.

»Ja, Grayson. Ich bin bereit dafür. Alles gehört dir, ich gehöre nur dir, und das wird sich niemals ändern.«

Als Mary am nächsten Morgen erwachte, war die andere Seite des Betts leer. Grayson hatte sich aus dem Zimmer geschlichen, während sie schlief. Auf dem Kopfkissen hatte er eine Rose hinterlassen. Eine rote Rose. Sie ließ sich mit einem seligen Lächeln zurück in die Kissen fallen. Sie war verliebt. Unabwendbar. Grayson hatte sich die ganze Nacht mit ihr beschäftigt, sie geküsst und geliebt. Ihr Körper fühlte sich geschunden an, auf eine sehr liebevolle Weise. War Grayson im Leben oft schroff und kurz angebunden, so hatte er im Bett eine Art Feingefühl gezeigt. Es hatte Mary verwundert und kurze Zeit später hatte sie sich schon daran gewöhnt und vermisste ihn nun unendlich. Die Zeit würde ihr lang werden, bis Grayson endlich wiederkehrte. Vielleicht sollte sie ausreiten, um sich ein wenig abzulenken. Sie wollte ihren Gedanken nachhängen, jede Minute der letzten Nacht noch einmal durchleben. Sich daran erinnern, wie zärtlich Grayson sie geliebt hatte.

Sie erhob sich und rief nach ihrer Kammerzofe. »Ich werde heute noch ausreiten, legt bitte die Reitkleidung heraus«, forderte sie und schüttete Wasser in die Waschschüssel, ein Blick aus dem Fenster zeigte ihr, dass es ein schöner Tag werden würde.

KAPITEL 17

August 1850
Watford Hall/zwischen London
und Saint Albans

Grayson hatte Marys Zimmer noch vor Sonnenaufgang verlassen. Er wollte vermeiden, dass ihn jemand sah. Aber das war es nicht allein. Diese Frau hatte ihn auf eine Weise berührt, wie noch nie etwas in seinem Leben. Er wusste nicht, ob das Liebe war, was er für Mary empfand, zumindest war er nah davor. Wenn er sich heute noch für eine Frau entscheiden müsste, die er zur Frau nehmen sollte, dann würde seine Wahl auf Mary fallen.

Er grinste vor sich hin, als er in die Kutsche stieg. Sein Gepäck war bereits verstaut worden und er warf einen letzten Blick zurück zum Haus. Bevor er dem Kutscher ein Zeichen zur Abfahrt geben konnte, hörte er laute Pferdehufe.

Er sah Driscoll, der in aller Herrgottsfrühe vom Pferd stieg und auf ihn zukam.

»Was ist los, Driscoll?« Grayson stieg wieder aus der Kutsche.

Driscoll wedelte hektisch mit den Armen. »Wir brauchen einen Arzt. Penny Spencer bekommt ihr Kind!«

Unruhig lief der Duke of Leeds in dem Salon hin und her. Seine Hände hinter dem Rücken, blieb er immer, sobald er das Fenster erreichte, kurz stehen und blickte in den Garten hinaus. Hier schien bereits jemand ein großes Beet angelegt zu haben, auch der Platz für einen möglichen Pavillon war ausgehoben. Einzig die Pflanzen die in den Löchern gesteckt hatten, waren alle verschwunden und Driscoll wusste auch, wer dafür verantwortlich war.

»Sie hatte dich mit einem Rosengarten überraschen wollen«, flüsterte Grayson ihm zu.

Driscoll wandte den Kopf und nickte tonlos. Das war ihm in dem Augenblick klar, als er die klaffenden Löcher in der Erde sah. So fühlte sich sein Herz an, wenn er an Celeste dachte. Wäre sie doch nur hier und er könnte ihr erklären, dass er weder diese Frau kannte, noch mit ihr verheiratet war. Er sehnte sich nach ihr, musste sie unbedingt wiedersehen.

Schreie waren aus der oberen Etage zu hören, die ihm durch Mark und Bein fuhren. Er ballte seine Hände zu Fäusten. »Kann dieses Kind nicht endlich geboren werden?«, knurrte Driscoll, während ein erneuter Schrei die Stille durchbrach. Es war nicht zum Aushalten.

»Was hast du jetzt vor?«, wollte Grayson wissen.

»Sobald das Kind geboren ist, wirst du mit der Urkunde nach Chatham aufbrechen und ich werde versuchen, mit dieser … Dame zu sprechen. Sie muss doch irgendwas wollen. Geld, nehme ich an. Diese Heiratsurkunde kann nur eine Fälschung sein.«

Fast schon erwartete man einen erneuten Schrei, doch er blieb aus. Stattdessen kam Daisy ins Zimmer gelaufen.

»Euer Gnaden! Schnell, das Kind!«, rief sie aufgebracht.

»Ist etwas mit ihm?«, fragte Driscoll aufgebracht.

»Bitte, Sie müssen schnell mitkommen.«

»Was ist denn mit dem Kind? Ist es eine Totgeburt?« Grayson folgte den beiden die Treppe hinauf.

»Nein, es lebt«, rief Daisy über ihre Schulter hinweg, während sie die letzten Stufen erklomm. »Es ist ein Mädchen.«

Driscoll atmete erleichtert aus. Zum Glück war es kein Junge. »Was ist dann mit dem Kind?«, wollte Driscoll nun ungeduldig wissen.

»Sehen Sie selbst.« Sie betraten das Zimmer und Daisy trat zur Seite, ließ den Blick auf die Hebamme zu, die bei der Geburt assistiert hatte und das kleine Bündel in den Händen hielt. Sie nickte Driscoll zu und zeigte ihm das Kind.

»Was ist mit dem Kind?«, fragte Grayson ein wenig atemlos.

»Sieh selbst«, forderte Driscoll ihn auf und sah seinen Freund sprachlos an.

»Grayson beugte sich vor und zog die Stirn kraus. »Das Kind ist nicht weiß.« Das kleine Baby hatte schwarze Augen und die Haut war dunkelbraun.

Driscoll nickte. »So sieht es aus. Es kann unmöglich mein Kind sein.«

. . .

Driscoll musste eine ganze Weile warten, bis Penny Spencer hergerichtet war, um Besuch zu empfangen. Die Sonne neigte sich schon wieder dem Horizont entgegen, als man ihn endlich zu ihr ließ. Er hatte seine Nerven mit einem Brandy beruhigt. Er wusste nicht, ob er erleichtert sein sollte oder erzürnt. Vermutlich war er beides gleichzeitig. Anstatt seine Braut in die Arme zu schließen, war er auf eine Betrügerin gestoßen, doch zum Glück hatte sich dieser Spuk von ganz allein geklärt.

Er betrat das Gästezimmer, in dem sie sich einquartiert hatte, und konnte von Glück sagen, dass sie nicht sein Schlafzimmer benutzt hatte.

Penny Spencer saß aufrecht im Bett, das kleine Bündel im Arm und betrachtete voller Stolz ihre Tochter.

»Sieht sie nicht wunderschön aus? Sie ist ein reines Wunder«, erklärte sie mit einem Lächeln auf den Lippen und es waren die wohl ehrlichsten Worte, die er bisher überhaupt von ihr hörte.

»Ja, das ist sie. Nur ist sie nicht meine Tochter, Miss Spencer.«

Sie blickte zu ihm auf.

»Hören Sie, ich werde Ihnen ein Angebot machen, aber allerdings werde ich es nur ein einziges Mal aussprechen. Wenn Sie es ablehnen, werden Sie nichts bekommen.« Driscoll nahm einen Stuhl zur Hand, stellte ihn neben dem Bett in gebührlichen Abstand ab und setzte sich.

»Sie Miss Spencer, werden sobald es Ihnen besser geht, dieses Haus wieder verlassen. Ich werde Ihnen eine Kutsche zur Verfügung stellen, die Sie dort hinbringt, dessen Adresse Sie nennen.«

Sie wollte etwas sagen, doch Driscoll hob die Hand und brachte sie zum Schweigen. »Hören Sie sich mein Angebot zu Ende an. Sie werden mir ein Schriftstück unterzeichnen, in dem sie bestätigen, dass Sie nicht meine Ehefrau sind, und die Geschichte unserer Ehe und der Vaterschaft gelogen war. Dieses Schriftstück wird außer meiner Verlobten niemand zu Gesicht bekommen. Als Entschädigung werde ich Ihnen einen Betrag von hundert Pfund übergeben. Sie werden mein Grund und Boden in spätestens vierzehn Tagen verlassen. Sollten Komplikationen eintreten, gewähre ich Ihnen natürlich mehr Zeit. Das Geld wird Ihnen mein Kutscher übergeben, sobald Sie an Ihrem Ziel angekommen sind. Das ist mein Angebot, Miss Spencer.«

»Und wer sagt mir, dass Sie dieses Schreiben nicht dazu benutzen, mir die Polizei auf den Hals zu hetzen?«, fragte sie misstrauisch.

»Sie wissen genau, dass ich dafür kein Schriftstück benötige. Ich habe genug Zeugen. Sie sollten mein Angebot annehmen, es ist mehr als großzügig und ich tue es nur wegen des kleinen Wesens, dass Sie dort in den Armen halten. Sie kann schließlich nichts für Ihren Fehltritt. Sagen Sie mir nur warum.« Er sah sie eindringlich an.

Plötzlich schimmerten Tränen in ihren Augen. »Ich habe in der Gaststätte gearbeitet, in der Sie ab und an gegessen haben, wenn Sie von der See zurückkehrten. Als ich schwanger wurde, wurde ich entlassen und man sagte mir, ich sollte doch zu Ihnen gehen, schließlich tragen wir die gleichen Namen und Sie wären jetzt ein Duke, der eine Frau sucht. Der Gedanke ließ mich nicht los, und weil mein Bauch immer dicker wurde, bin ich hierhergekommen. Es tut mir wirklich leid, Euer Gnaden.« Sie weinte bitterliche Tränen, die Driscoll aber nicht berührten. Wenn er sie so genau anblickte, kam sie ihm entfernt bekannt vor, aber genau konnte er sich nicht an sie erinnern.

»Penny, hören Sie endlich mit dem Theater auf. Ich habe Ihnen ein Angebot gemacht, das Ihnen ein neues Leben bietet. Was können Sie? Kochen, putzen oder einen Haushalt führen?«.

Sie überlegte einen Augenblick. »Nähen, ich kann gut mit Nadel und Faden umgehen.«

»Dann sollten Sie sich eine Arbeit als Näherin suchen. Mit dem Geld können Sie sich eine ordentliche Wohnung mieten. Ich biete Ihnen ein neues Leben, das sollten Sie nutzen.«

Penny biss sich auf die Unterlippe und nickte. »Es tut mir wirklich leid.«

»Sie haben eine Menge Schaden angerichtet.«

»Ich weiß«, schluchzte sie.

»Deshalb sollten Sie dieses Schreiben unterzeichnen.« Er holte es aus seiner Jackentasche und reichte ihr das Schriftstück.

Beschämt blickte sie zu ihm auf. »Ich kann nicht lesen«, flüsterte sie.

Also las er ihr die wenigen Zeilen vor.

»Können Sie Ihren Namen schreiben?«, fragte er ein wenig verlegen und Penny nickte.

»Gut.« Er verließ den Raum und kam wenig später mit Tinte und Feder zurück.

Penny kritzelte ihren Namen unter das Schriftstück und Driscoll holte die angebliche Heiratsurkunde hervor, ging hinüber zu einem Kandelaber und setzte es in Brand. Als nichts mehr zu erkennen war, löschte er es in der Waschschüssel.

»Ich wünsche Ihnen alles Gute, Penny. Führen Sie ein ehrliches Leben, Ihrer Tochter zuliebe. Suchen Sie den Vater, vielleicht hilft er Ihnen.«

»Das werde ich, Euer Gnaden. Er stammt aus der Karibik, soviel ich weiß.« Penny drückte ihr Kind fest an ihre Brust.

Dann verließ Driscoll das Zimmer und ging hinunter zu Grayson, der in der Halle auf ihn wartete.

»Und?«, fragte Grayson müde.

»Alles erledigt. Wir können morgen endlich nach London reisen. Ich habe einen Beiweis, dass ich nicht verheiratet und Vater bin.«

Grayson brachte sein Pferd selbst in den Stall, weil der Bursche nirgends zu finden war. Als er die Stallungen betrat, hörte er lautes Lachen. Eines, das ihm sehr bekannt vorkam. Als Mary plötzlich aus einer der Boxen kam, lachte sie laut auf und sobald sie Grayson sah, verstummte sie. Hinter ihr kam der Stallbursche aus der Box und richtete sein Hemd.

»Was geht hier vor?«, fragte Grayson streng.

»Grayson! Ich dachte, du bist auf dem Weg nach Chatham«, rief Mary überrascht.

»Das sehe ich, dass du das angenommen hast. Was treibst du mit Hadley hier?« Grayson war außer sich.

»Gar nichts. Ich habe nur nach den Pferden gesehen… weil ich … ich wollte eigentlich heute ausreiten … aber ein Dorn …« Sie stammelte verlegen.

Grayson hob seine Hand und zupfte Heu aus ihrem wirren Haar. Er hielt es ihr vor Augen. »Das sehe ich, dass du nichts gemacht hast. Hadley, kümmere dich um mein Pferd! Und dann pack deine Sachen und verschwinde«, rief er aufgebracht und machte auf dem Absatz kehrt.

»Grayson! So wartet doch!« Mary rannte hinter ihm her, so schnell sie konnte, holte ihn jedoch nicht ein. »Das Pferd hat ausgetreten und mich getroffen. Ich ging zu Boden und Hadley war so freundlich, mir wieder aufzuhelfen, dabei wurde er ebenfalls von dem Pferd getroffen und fiel auf mich …«, rief sie hinter ihm her.

»Was?« Abrupt blieb er stehen. »Das ist nicht dein Ernst.« Sein Gesicht war rot vor Zorn.

»Es ist nichts geschehen, du musst mir glauben, Grayson! Für was hältst du mich?«, rief Mary verzweifelt.

»Was du bist, hast du mir heute Nacht ausführlich gezeigt!«, knurrte Grayson und ließ Mary einfach stehen.

»Wie bitte?« Mary fasste es nicht, dass er die Situation absichtlich so falsch verstand. Sie lief hinter ihm her.

»Grayson!«, rief sie laut in der Halle und er blieb am oberen Treppenabsatz stehen.

»Wir werden morgen nach London aufbrechen, fang schon mal an zu packen«, rief er ihr zu und sein Ton ließ keine Frage offen, wessen er sie verdächtigte und was er von ihr hielt.

KAPITEL 18

August 1850
Hamilton Place, Mayfair,
London

Celeste war gerade erst von einer Ausfahrt in den Hyde-Park zurückgekehrt und hatte James auf eine Tasse Tee eingeladen. Sie lachten darüber, weil einer der Reiter fast vom Pferd gefallen war, während es beinah durchging und er versuchte, mit seinem Zylinder dem Pferd die Augen zu verdecken.

»Das Bild war einfach göttlich«, lachte Celeste und konnte sich gar nicht mehr beruhigen. Gleichzeitig hatte sie ein schlechtes Gewissen, dass es ihr gutging, obwohl sie hätte traurig sein müssen. Es würde wohl noch eine lange Zeit dauern, bis sie sich wieder ungezwungen unterhalten konnte.

»Ja, das hat dem Ausflug die richtige Würze gegeben«, sagte James und lachte leise.

»Es hört sich nicht so an, als würden Ihnen diese Ausflüge gefallen, James. Warum machen Sie sich dann die Mühe, mich täglich dazu einzuladen?« Celeste sah ihn verschmitzt an.

Etwas verlegen rutschte James auf dem Stuhl hin und her. »Oh, ich genieße diese Ausflüge sehr.«

»Sie sind kein guter Lügner, mein lieber James. Lassen Sie mich raten, steckt vielleicht Ihre Schwester dahinter? Hat Sie Ihnen die Aufgabe zugeteilt, sich um mich zu kümmern, solange ich allein hier in London bin?«

James verschluckte sich an seinem Tee.

»Wusste ich es doch. James, wie konnten Sie nur?«

»Ich wollte Ihnen nur einen Gefallen tun und Sie liegen falsch. Ich habe es nicht nur wegen Mary getan. Sie sind eine sehr angenehme Begleitung. Ich weiß, ich bin nicht der Erstgeborene, ich kann Ihnen keinen Titel bieten, aber ich weiß um Ihre Not, einen Ehemann zu finden. Um offen zu sprechen Celeste, nachdem Sie nur knapp einem Skandal entgangen sind, Mary hat mir davon berichtet und mir das Versprechen abgenommen, Stillschweigen zu bewahren, so will ich doch, dass Sie wissen, dass Sie sich auf mich verlassen können. Ich stehe Ihnen jederzeit als Ersatz zur Verfügung. Sie wissen, dass ich es nicht auf Ihre Mitgift abgesehen habe. Ich bin ein treuer Geselle, werde Sie in keine Skandale verwickeln. Es könnte Sie also schlechter treffen. Sie brauchen nur ein Wort zu sagen, Lady Celeste.« James blickte sie erwartungsvoll an. »Und denken Sie nicht, dass ich Liebe von Ihnen erwarte. Aber es gibt viele Ehen, die auf viel weniger erbaut wurden, als auf guter

Freundschaft. Unsere Familien kennen sich so lange, dass niemand einen Verdacht hegen würde.«

Celeste dachte über seine Worte nach. Er hatte nicht ganz unrecht. Es könnte sie schlimmer treffen, als James zu heiraten. Er war unterhaltsam, gutaussehend und vor allem älter und größer als sie. Sie würden ein schönes Paar abgeben, auch wenn sie etwas anderes von ihrem Leben erwartet hatte, die Alternative war gar nicht so schlecht, ging es ihr durch den Kopf.

»Mein lieber James, ich fühle mich sehr geehrt über ihr Angebot. Und glauben Sie nicht, ich würde es nicht in Erwägung ziehen, das tue ich. Nur will ich zuerst etwas Gras über diese leidliche Sache in Croyden Manor wachsen lassen. Ich stimme Ihnen in allen Punkten zu. Freundschaft ist ein gutes Fundament für eine Ehe.«

»Dann darf ich auf Ihre Zusage hoffen?« James hatte wohl geglaubt, dass sie ihn ablehnen würde. Doch sie wäre dumm, wenn sie es täte. Sie musste sich den Mann, dem ihr Herz gehörte, für immer aus dem Kopf schlagen und am besten vergaß man einen Mann, mit einem anderen. Das hatte sie einmal gelesen. Und anscheinend war es wohl so.

»Ja, Mylord, Sie dürfen hoffen. Ich werde Ihnen in wenigen Tagen meine Antwort geben«, sagte sie und lächelte zuversichtlich.

»Ich werde es kaum erwarten können.«

James erhob sich und Celeste geleitete ihn zur Tür, als der Türklopfer betätigt wurde. Simon, der Hausdiener, erschien sofort, doch Celeste hielt ihn auf.

»Ich öffne selbst, danke Simon«, erklärte Celeste und war schon an der Tür.

»Mary!«, rief sie erstaunt aus. »Oh mein Gott, Mary, du

bist endlich in London angekommen.« Sie nahm ihre Freundin in die Arme, küsste ihre Wangen.

Mary lächelte und es sah eher gequält aus.

»Was ist mit dir, geht es dir nicht gut. Bist du krank?«

»Nein, es ist alles in Ordnung, die lange Fahrt hat mich müde gemacht.« Sie blickte auf und sah ihren Bruder in der Halle, stehen, der nach seinem Hut und Gehstock griff, den Simon ihm reichte.

»James! Wie wunderbar, dich hier zu treffen. Dann habe ich doch unsere Kutsche erkannt. Nimmst du mich mit nach Hause? Ich kann es nicht abwarten, in meinem eigenen Bett zu schlafen.«

»Schwester, natürlich nehme ich dich mit. Du hast uns allen sehr gefehlt. Mutter wird begeistert sein.«

»Lässt du bitte mein Gepäck in unsere Kutsche umladen?«, bat Mary ihren Bruder und er machte sich sofort auf den Weg.

»Was ist los?«, raunte Celeste ihrer Freundin zu, denn die Geschichte über die Müdigkeit, die sie ihr aufgetischt hatte, glaubte sie keine Sekunde.

»Nicht jetzt. Wir sprechen morgen«, wisperte Mary und warf unsicher einen Blick zur Tür, wo Grayson erschien.

»Bruder, wie schön dich zu sehen.«

»Celeste, ich bin froh, wieder in London zu sein. Deine Schwestern haben mir auf der Rückfahrt den letzten Nerv geraubt. Vielleicht kannst du sie zur Räson bringen und ihre Streitereien unterbinden.« Er blickte sie nicht gerade freundlich an, als träge sie Schuld an diesem Gezänke. »Wir haben einen Gast, lässt du bitte ein Zimmer herrichten?«

»Einen Gast, wie schön. Wer ist es denn?«, fragte sie freundlich.

»Der Duke of Leeds wird so lange bei uns wohnen, bis er ein Stadthaus gefunden hat.«

Nein!, schrie alles in Celeste. Das konnte er doch nicht tun. »Der Duke of Leeds«, murmelte sie und blickte zur Tür, wo dieser gerade höchstpersönlich über die Schwelle schritt.

»Lady Mary, darf ich mich von Ihnen verabschieden?« Er reichte Mary die Hand und deutete einen Handkuss an. »Lady Celeste. Vielen Dank für Ihre Gastfreundschaft.« Der Duke of Leeds verbeugte sich galant.

»Euer Gnaden. Darf ich nur für Sie ein Zimmer herrichten lassen oder begleitet Sie die Duchess of Leeds?«, fragte sie bissig und wartete die Antwort erst gar nicht ab. Driscoll so unverhofft gegenüber zu stehen, ging über ihre Nerven. Es war ein Schock, als hätte man sie in Eiswasser getaucht. Ihr Herz klopfte so laut, als wollte es aus ihrer Brust springen, dennoch keimte diese Wut in ihr auf, nicht nur auf Driscoll. Sie schritt an Grayson vorbei und blickte ihn düster an. »Wie konntest du mich nur so brüskieren? Du kannst selbst das Zimmer herrichten lassen.« Damit stieg sie erhobenen Hauptes die Treppe hinauf, ohne den Anwesenden einen weiteren Blick zu gönnen.

Sie warf die Tür laut ins Schloss, aber selbst das konnte ihre Wut nicht bremsen. Sie hatte mit allem gerechnet, aber nicht, dass Grayson diesen Mann in ihr Haus einladen würde. Sie fragte sich, auf welcher Seite ihr Bruder eigentlich stand. Waren ihm Geld und Geschäfte so viel mehr wert als seine Familie?

Vor Wut stiegen ihr Tränen die in die Augen. Was zu viel war, war einfach zu viel. Was musste sie noch alles erleiden.

Wie sehr musste sie sich noch demütigen lassen? Dann kam ihr eine Idee. So schnell sie konnte, öffnete sie die Tür, raffte ihre Röcke und rannte in die Halle hinunter. Dort verließen Mary und James gerade das Haus.

»James!«, rief sie laut. »James, bitte warten Sie doch!«

»Mylady?« Er war stehengeblieben und sah sie fragend an.

»Meine Antwort lautet: Ja. Ja, ich nehme Ihren Antrag an und werde Ihre Ehefrau.«

KAPITEL 19

August 1850
Hamilton Place, Mayfair,
London

»Ich werde dir nicht meine Einwilligung geben, James Babington zu heiraten!« Graysons Stimme zeigte, dass er seine Entscheidung getroffen hatte.

»Was hast du gegen James? Wir sind seit Jahrzehnten mit seiner Familie befreundet. Mary ist meine beste Freundin.« Celeste traute ihren Ohren nicht. Sie wusste nicht, was in den letzten Wochen geschehen war, aber etwas ging hier vor, dessen Sinn sich ihr entzog.

»Es liegt doch nicht an James persönlich, aber du hast bereits einem Mann deine Hand versprochen und du solltest nicht wortbrüchig werden.«

»Ja, aber einem Mann, der bereits verheiratet ist, wenn ich dich daran erinnern darf«, erwiderte sie scharf und sprang von dem Stuhl auf, auf dem sie gesessen hatte. Grayson hatte sie in seine Bibliothek beordert, nachdem Babington das Haus verlassen hatte.

»Es hat sich als Irrtum herausgestellt. Du selbst hast vermutet, dass da etwas nicht stimmen kann, und genau so hat sich die Lage entwickelt. Du solltest keine Entscheidung treffen, bevor du nicht alle Details kennst, liebe Schwester. Und jetzt setz dich bitte wieder.«

Sie schnaufte wütend, tat ihm aber den Gefallen und ließ sich nicht sehr Lady like wieder auf den Stuhl fallen, verschränkte die Arme vor der Brust.

»Diese Frau hat gelogen und die Geschichte frei erfunden. Sie arbeitete in einer Schenke, in der Driscoll früher öfter zu essen gedachte.«

»Und dann hat er sie nicht erkannt?«, warf sie zweifelnd ein.

»Er hat sich eben nicht für sie interessiert. Kannst du dich an jedes Gesicht erinnern, dem du bisher begegnet bist?« Grayson ließ ihren Einwand nicht gelten. »Sie hat ihre Arbeit verloren und gedacht, mit diesem Trick versorgt zu sein.«

»Und wer sagt, dass es nicht Driscolls Kind ist? Ihr Männer tut euch doch leicht damit, neben einer Frau zu liegen.«

»Nicht nur wir Männer«, murmelte er abwesend und hatte dabei keineswegs Celeste vor Augen.

»Ich habe hier eine Bestätigung von dieser Frau, dass sie nicht mit Driscoll verheiratet ist und er nicht Vater ihres Kindes ist.« Grayson überreichte ihr ein Schriftstück, das sie kurz überflog und dann schnell wieder auf den Schreibtisch ablegte, als könnte sie sich daran mit der Pest anstecken.

»Was hat er dafür bezahlt, um an solch ein Schriftstück zu kommen? Oder ist es so echt wie diese angebliche Heiratsurkunde?« Celeste hob kämpferisch das Kinn.

»Ich bin doch irritiert, wie schnell du bereit bist, dich gegen den Mann zu stellen, den du noch vor wenigen Wochen bereit warst zu heiraten. Du glaubst jede Lüge, ohne sie infrage zu stellen, aber Argumenten für seine Verteidigung stehst du kritisch gegenüber.« Grayson lehnte sich auf seinem Stuhl zurück und sah sie zweifelnd an. »Was ist geschehen, dass du so unnachgiebig bist?«

Celeste wusste im ersten Augenblick keine Antwort. Sie biss auf ihrer Unterlippe herum, um nachzudenken. »Ich wurde bis aufs Tiefste gekränkt. Ich sitze hier dir gegenüber, anstatt dass Driscoll mir die Lage erklärt. Es sprechen eben alle Beweise gegen ihn. Es gibt keine Beweise, dass es nicht doch sein Kind ist«, rief sie schon fast verzweifelt.

»Doch Celeste, die gibt es. Wenn Driscoll hier sitzen würde, würdest du ihm glauben, wenn du schon deinem Bruder nicht glaubst? Mir kommt es so vor, als wolltest du diesen Lügen glauben, als kämen sie dir gerade zur rechten Zeit. Hast du es dir anders überlegt? Willst du Driscoll nicht mehr heiraten?«, fragte er bohrend und Celeste verlor zum ersten Mal, bei diesem Gespräch, ihre kämpferische Haltung.

Mit hängenden Schultern saß sie dort und seufzte laut. »Ich habe Driscoll geliebt. Er ist ein Mann, an den man nicht so einfach vorbeikommt. Doch ich frage mich, ob ich die richtige Frau für ihn bin. Ich frage mich, was noch alles kommt? Welche Überraschungen er noch bereit hält? Du kennst ihn nicht so gut, wie du deine Familie kennst. Nun habe ich einen Antrag von einem Mann erhalten, den ich bereits viele Jahre kenne, von dem ich weiß, dass ich keine bösen Überraschungen erleben muss. Was ist an James Babington so falsch?«, fragte sie ihn.

»Weil es sich anfühlt, als würdest du deinen Bruder heiraten. Du kennst ihn, seit du denken kannst. Ich kenne ihn, seit ich ein Kind bin und weiß, James wird dich nicht glücklich machen. Er ist ein lieber Kerl, aber du brennst nicht für ihn. Deine Wangen färben sich nicht rot, wenn er dich nur anblickt. Dir fehlen nicht die Worte, wenn er das Wort an dich richtet.«

»Seit wann bist du ein so großer Experte, wenn es um Liebesdinge geht?«, fragte sie überrascht.

»Natürlich bin ich kein Experte«, erklärte er ungeduldig und erhob sich. »Aber ich verfüge über einen normalen Menschenverstand.«

»Hach! Ich also nicht? Weil ich eine Frau bin?« Celeste stand so schnell auf, dass der Stuhl umfiel. »Das ist ja wohl das Dümmste, was ich bisher gehört habe«, rief sie aufgebracht.

»Verdammt, Celeste. Du hörst auf das, was ich dir sage. Es gibt Beweise, dass Driscoll dich nicht betrogen und belogen hat, vor denen selbst du nicht die Augen verschließen kannst.«

»Und welche Beweise sollten das sein? Behaupten kann man viel.«

»Aber eine Hautfarbe kann man nicht ändern. Das Kind, das Penny Spencer auf die Welt gebracht hat, ist schwarzer Hautfarbe. Driscoll kann gar nicht der Vater sein. Vor diesem Argument wirst selbst du kapitulieren müssen.«

Celeste blickte ihren Bruder an, als würde er eine andere Sprache sprechen. Seine Worte hallten in ihrem Kopf immer wieder hin und her, bis sie einen Sinn ergaben. »Schwarz?«, fragte sie leise nach.

»Ja, nicht ganz so dunkel, schließlich ist die Mutter ja weiß, aber der Vater kann unmöglich ein weißhäutiger Mann sein. Penny hat zugegeben, dass der Vater des Kindes mit einem Schiff aus der Karibik kam und sie verließ, als sie sich ihm hingegeben hat.«

»Man hat mit Driscoll also ein sträfliches Spiel gespielt?«

»So sieht es aus, liebe Schwester. Das Leben ist nicht immer nach unserem Geschmack. Hürden sind dazu da, sie zu meistern.«

Schwer atmete Celeste aus. »Aber diese Hürden zeigen uns manchmal auch eine andere Marschrichtung auf. Ich halte James weiterhin für den richtigen Mann. Das Leben muss nicht immer nur ein Abenteuer sein, manche Menschen sind dafür nicht gemacht und lieben eher die ruhige See, als das raue Gewässer. Ich werde deine Entscheidung nicht hinnehmen, dass du es mir verbietest, James Antrag anzunehmen.«

Grayson schüttelte den Kopf. »Ich hätte dich nicht für eine Frau gehalten, die nicht zu ihrem Wort steht. Aber so habe ich mich in dir getäuscht. Ich habe mich mal wieder in einer Frau getäuscht, das scheint langsam zur Gewohnheit zu werden.« Mit diesem Satz ließ er Celeste allein, die ihm nur verwundert nachblickte und nicht wusste, was dieser Zusatz zu bedeuten hatte.

Am nächsten Morgen war Celeste froh, ihre Schwestern begrüßen zu dürfen. Sie hatte sie vermisst, sehr sogar. Erst jetzt, wo sie sie alle wieder in die Arme schließen konnte, spürte sie, wie sehr sie sie vermisst hatte.

»Warst du schon auf einem Ball?«, fragte Eugenie neugierig, als sie sich zum Frühstück trafen.

»Nein, nur in der Oper. Wir haben Othello gesehen«, erzählte Celeste gut gelaunt.

»Hat es dir gefallen?«, wollte Rosalie wissen.

»Ja, es war sehr unterhaltsam, wenn auch etwas lang.«

»Oh, ich würde so gerne mal in die Oper gehen.« Rosalies Augen bekamen einen verträumten Glanz.

»Vielleicht können wir die Damen ja in den nächsten Tagen einmal begleiten.« Grayson Stimme an der Tür ließ alle Köpfe neugierig herumschnellen.

Hinter ihm betrat der Duke of Leeds den Raum. Alle Augenpaare beobachteten ihn genau. Er begrüßte die Damen mit einer Verbeugung, sein Blick blieb einen Moment länger bei Celeste hängen, die ihm zunickte.

Er ließ sich auf dem Platz Celeste gegenüber nieder. »Ich besitze eine Loge, in die ich alle Damen gerne einlade.«

»Vielen Dank, Euer Gnaden.« Celeste nickte und widmete sich dann ihrem Frühstück. Die Mädchen hatten das Gespräch zwischen den beiden aufmerksam beäugt und waren zu dem Ergebnis gekommen, dass wohl wieder alles in Ordnung war. Seit bekannt geworden war, dass Driscoll weder verheiratet noch Vater eines Kindes war, hatten die Mädchen aufgehört, ihn mit Nichtachtung zu strafen.

»Wann wird es denn jetzt endlich eine Hochzeit geben?«, fragte plötzlich Rosalie und alle blickten sie erschrocken an.

Selbst Grayson ließ vor Schreck sein Messer auf den Teller fallen. »Rosalie, ich wünschte mir wirklich manchmal ein wenig mehr Feingefühl für meine Schwestern«, stöhnte er auf.

Celeste schenkte ihr ein mildes Lächeln. »Du scheinst es ja sehr eilig zu haben, dass deine Schwestern unter die Haube kommen. Hast du vielleicht einen Verehrer, den du uns verschwiegen hast und selbst bald heiraten willst?«, fragte sie zuckersüß.

Rosalies Wangen färbten sich puterrot. »Nein, natürlich nicht«, behauptete sie. »Ich war nur neugierig.«

Driscoll räusperte sich. »Dann werden wir morgen Abend alle in die Oper fahren«, brachte er das Gespräch in ein unverfängliches Terrain.

»Ich habe Othello bereits gesehen«, erklärte Celeste und lächelte ihm entschuldigend zu, dass ihre Augen jedoch nicht erreichte und damit keinesfalls ehrlich wirkte.

»Dann ist es ja gut, dass das Programm morgen wechselt«, erwiderte er und imitierte ihr Lächeln.

Celeste war klar, dass dies hier nicht einfach würde, und Driscoll hatte soeben den Krieg begonnen. Den Krieg um ihre Hand und ihre Liebe.

KAPITEL 20

August 1850
Hamilton Place, Mayfair,
London

Gerade als Celeste ihr Zimmer verlassen wollte, um sich in den Blauen Salon zu begeben, klopfte es an der Tür.

»Lady Celeste, der Duke of Leeds erwartet Euch in der Bibliothek«, teilte ihr Simon mit.

Damit hatte sie jetzt nicht gerechnet. Eher, dass man ihr mitteilte, dass James Babington sie zu einer Ausfahrt abholte. Immerhin gab es einiges zwischen ihnen zu besprechen.

»Ich komme sofort.«

Simon verbeugte sich und machte sich auf den Weg.

Tief atmete Celeste aus. Driscoll wollte mit ihr sprechen und sie würde lügen, wenn sie behaupten würde, sie wäre nicht neugierig. Sie warf einen Blick in den Spiegel. Heute trug sie ein einfaches weißes Hauskleid, das zwar hochgeschlossen war, aber durch seinen dünnen Stoff nicht zu warm. Die Temperaturen waren jetzt im August nicht mehr so heiß wie im Hochsommer, doch in der Stadt war die Luft immer dichter als auf dem Land. Sie nahm eine dünne Stola zur Hand, legte sie sich um die Schultern und ging hinunter ins Erdgeschoss, klopfte an das Arbeitszimmer ihres Bruders.

»Herein«, hörte sie Driscolls tiefe Stimme und bevor sie die Tür überhaupt berühren konnte, wurde sie schwungvoll von innen geöffnet. »Celeste«, sagte er atemlos und ließ sie eintreten. Er schloss die Tür hinter ihr und sah sie aufmerksam an.

»Du wolltest mich sprechen?« Celeste versuchte, ihrer Stimme einen neutralen Ton zu geben, doch es gelang ihr nicht wirklich und das ärgerte sie.

»Ja, bitte setz dich doch. Möchtest du vielleicht etwas trinken?« Er hörte sich an, als wäre er der Besitzer des Hauses.

Sie schüttelte den Kopf. »Nein, danke«, lehnte sie ab und setzte sich in einen der Sessel, die vor dem Kamin standen, der natürlich nicht befeuert war, dafür war es viel zu warm.

Sie sah ihn fragend an und er setzte sich in den Sessel, der ihrem gegenüberstand. »Ich weiß, dass Grayson bereits mit dir gesprochen hat. Ich möchte dir noch einmal persönlich sagen, wie leid es mir tut, was du alles durchmachen musstest.« Sein Blick glitt über ihren Körper, als wollte er sich überzeugen, dass es ihr gutging.

»Ja, er hat mir alles erzählt und ich fasse es nicht, was für ein falsches Spiel mit dir getrieben wurde«, gab sie zu.

»Mit uns, Celeste. Man hat uns das angetan. Es tut mir so leid, dass du nach London gereist bist, bevor ich alles richtigstellen konnte. Wäre ich auf Watford Hall gewesen, hätte ich dich sofort überzeugen können, dass ich weder verheiratet bin, noch mit dieser Frau ein Kind gezeugt habe.«

In seinen Worten schwang ein kleiner Unterton mit, der sie traf. Hatte sie wirklich zu früh reagiert? Hätte sie mehr an ihn glauben müssen? Immerhin war er der Mann, den sie liebte. Geliebt hatte. So war es doch oder etwa nicht? Hegte sie immer noch tiefe Gefühle für ihn?

Sie seufzte. »Ja, vielleicht hast du recht. Doch das Auftreten dieser Frau war nicht zu ertragen. Sie hat mich zur Raserei gebracht.«

Driscoll lächelte. »Ich habe die Löcher im Garten gesehen.«

Celeste erwiderte es. »Ich wollte ihr auf keinen Fall meine Rosen überlassen.«

»Das kann ich gut verstehen. Aber das hat sich nun erübrigt. Sie wird in den nächsten Tagen Watford Hall verlassen. Sie wird zurück nach Chatham gehen. Ich habe ihr ein wenig Geld überlassen, um ein neues Leben zu beginnen. Das habe ich nicht für diese Frau getan, sondern für das kleine Mädchen, das sie zur Welt gebracht hat. Ich kann nur hoffen, dass diese Penny aus dieser Sache lernt. Ein weiteres Mal sollte sie nicht auf meine Großzügigkeit setzen.«

»Das ist sehr großherzig von dir«, gab Celeste zu.

»Im Grunde habe ich das dir zu verdanken.«

»Mir?« Celeste verstand nicht ganz, worauf er hinauswollte.

»Nun, da wir beide zusammen gelegen haben, kam mir

der Gedanke, dass du vielleicht mein Kind unter dem Herzen trägst und wir …« Er beendete den Satz nicht.

An diese Möglichkeit hatte Celeste bisher noch gar nicht gedacht. Jetzt wo er es sagte, geisterten einige Fragen in ihrem Kopf herum. »Oh, nun … ja, die Möglichkeit könnte bestehen, du hast natürlich recht, doch dafür ist es eben noch viel zu früh.«

»Wenn du es sagst.« Driscoll schien da nicht so sicher zu sein.

»Celeste, mein eigentliches Anliegen ist, dass ich wissen muss, wie wir zueinanderstehen. Wir sind immer noch verlobt und ich will noch immer, dass du meine Frau wirst.«

Celestes Herz hämmerte hart in ihrer Brust. »Ich bin natürlich davon ausgegangen, dass sich unsere Verlobung erledigt hätte, nachdem deine vermeidliche Gattin sich mir vorgestellt hat.«

»Dieser Spuk ist nun vorbei.« Er erhob sich und ging vor ihr auf die Knie. »Celeste. Ich liebe dich und will, dass du meine Frau wirst. Etwas anderes kommt für mich gar nicht infrage. Ich halte an meinem Versprechen fest. Sag mir, ob du es auch tust.«

Er griff nach ihren Händen, zog sie an seine Lippen und drückte einen Kuss auf ihre Finger.

»Ich kann es nicht, Driscoll. Ich habe James Babingtons werben nachgegeben. Ich werde seine Frau.«

Überrascht hob Driscoll den Kopf. »Nein, das ist nicht wahr. Das werde ich nicht zulassen. Was ist, wenn du mit meinem Kind schwanger bist? Willst du ihm einen Bastard unterschieben?« Er erhob sich und fuhr sich über das Haar.

Erbost sprang Celeste auf die Beine. »Wofür hältst du mich. Ich bin nicht in freudiger Erwartung.«

»Du könntest es aber sein.« Er blickte sie streng an.

Natürlich hatte er recht.

»Warum willst du einen Mann heiraten, den du nicht liebst?«

»Woher willst du wissen, was ich für James empfinde?« Sie hob das Kinn, blickte ihn provozierend an.

Dricsoll machte einen Schritt auf Celeste zu. »Weil ich weiß, dass du mich genauso liebst, wie ich dich liebe. Wir gehören zusammen, wie ein Schiff und das Meer, die Wolken und der Regen, die Sonne und der Himmel. Niemals werde ich dich aufgeben.« Er zog sie in seine Arme. »Niemals, hörst du. Du bist die Frau, mit der ich mein Leben verbringen will.« Dann beugte er sich herunter und küsste sie innig. Er hielt sie ganz locker, sodass sie sich ihm hätte entziehen können, aber Celeste konnte es nicht. Ihn endlich wieder zu spüren, seinen Duft einzuatmen, seine Wärme zu genießen, ging über ihre Kräfte. Sie wollte ihn so sehr. Die Erinnerungen ihrer gemeinsamen Nacht, die sie die ganze Zeit nicht hatte vergessen können, kamen wieder hoch. Nur ihr verletzter Stolz hielt sie jetzt davon ab, dass alles wieder gut werden würde.

Ein Klopfen an der Tür ließ beide auseinanderfahren.

»Euer Gnaden, bitten entschuldigen Sie die Störung, aber Lord Babington bittet, Lady Celeste zu sprechen«, erklärte Simon und blickte entschuldigend zu Driscoll.

»Einen Moment bitte«, erklärte Driscoll und Simon schloss die Tür.

Etwas verlegen blickte Celeste Driscoll an. »Ich muss gehen«, sagte sie leise.

Anders als erwartet, nickte der Duke of Leeds.

»Natürlich. Ich möchte nur wissen, ob du meinen Worten Glauben schenkst.«

Celeste wandte sich zur Tür, drehte sich aber noch einmal um. »Natürlich, Driscoll. Ich habe die Wahrheit in deinen Küssen geschmeckt«, sagte sie leise und betrat die Halle.

Dort stand James Babington und drehte seinen Hut aufgeregt in der Hand. »Lady Celeste! Ich hoffe, ich komme nicht ungelegen.«

»Nein, mein lieber James. Es trifft sich sogar sehr gut. Ich muss auch unbedingt mit Ihnen sprechen.«

»Darf ich Sie auf eine Fahrt in den Hyde-Park einladen?«, bot er an.

»Nichts lieber als das.« Sie nahm seinen dargebotenen Arm und von Simon ihren Sonnenschirm entgegen, als sich die Tür zur Bibliothek öffnete und Driscoll die Halle betrat. Der Blick, den er James Babington zuwarf, war fast als mörderisch zu beschreiben. Falls James es registrierte, so ließ er sich zumindest nichts anmerken und Celeste atmete erst erleichtert aus, als sich die Kutsche in Bewegung setzte.

KAPITEL 21

August 1850
Hyde-Park, London

Wie geht es Ihnen Lady Celeste?«, begann James Babington das Gespräch, nachdem sie den Park erreicht hatten. Hin und wieder winkten sie Bekannten zu, doch sie hielten diesmal nicht an, um ein Gespräch zu führen, und das war Celeste sehr recht.

»Danke, mir geht es gut.«

»Nun ist der Duke of Leeds in London. Meine Schwester hat mich darüber unterrichtet, dass er wohl nicht verheiratet ist, wie die Gerüchteküche es vermuten ließ.«

Celeste schüttelte nur den Kopf. Dieses Gespräch war ihr peinlich und ging in eine Richtung, die sehr unangenehm werden konnte. Daher ergriff sie die Initiative. »Mein lieber James, ich muss mit Ihnen sprechen.«

James hob jedoch die Hand. »Nein, bitte, Lady Celeste,

unterbrechen Sie mich nicht, sondern hören Sie sich an, was ich Ihnen zu sagen habe.«

Das konnte ja heikel werden.

Sie sah ihn aufmerksam an. »Wissen Sie, Lady Celeste, mir ist klar, dass Sie meinen Antrag angenommen haben, weil Sie dachten, in einer Misere zu stecken, nicht, weil Sie sich plötzlich in mich verliebt haben. Frauen, wie Sie eine sind, schwärmen von der großen Liebe. Ich weiß es deshalb so genau, weil ich selbst eine Schwester habe, die verliebt ist. Ich möchte Ihnen damit sagen, dass ich will, dass Sie glücklich werden und Ihre große Liebe heiraten, und nicht den Mann, dem Sie sich durch ein bloßes Ja verpflichtet fühlen. Ich weiß Ihren Anstand und Ihr Pflichtbewusstsein zu schätzen, doch in einer Ehe die auf diesen Pfählen gebaut wurde, würden wir beide nicht glücklich werden.« Er sah sie lächelnd an. »Daher, Lady Celeste, sehe ich mich leider gezwungen, meinen Antrag zurückzunehmen. Ich hoffe, sie nehmen es mir nicht übel und tragen mir nichts nach. Aber ich denke, sie werden ohne mich glücklich werden.« Sein Ton war ernst, doch sein Blick sprühte vor Leben.

Celeste wusste genau, warum er das tat. Dieser Mann war eine Ausgeburt an Scharfsinn, Anstand und gutem Benehmen, dazu hatte er noch ein Herz aus Gold. Sie räusperte sich. »Unter diesen Umständen werde ich natürlich zustimmen und auch mein Ja-Wort zurückziehen und Sie aus Ihrem Heiratsversprechen entlassen.« Sie berührte seine Hand und drückte sie fest. »Vielen Dank, James«, flüsterte sie leise.

Er nickte ihr zu und blickte zu dem Teich, an dem sie gerade vorbeifuhren.

»Ehrlich gesagt hatte ich keine andere Wahl, wenn mich

der Duke of Leeds zum Duell gefordert hätte, würde ich vermutlich unterliegen. Er sieht aus, als könnte er eine ganze Armee alleine niederstrecken.«

Jetzt lachte Celeste laut auf. »Er ist ein Fregattenkapitän«, erklärte sie.

»Sehen Sie, er kapert ein Schiff ganz allein, so wie er Sie gekapert hat.«

»Na, da habe ich noch ein Wörtchen mitzureden. So einfach lasse ich mich nicht entern.« Sie lächelte schelmisch.

»Lady Celeste, ich habe aber noch einen Wunsch. Er ist der eigentliche Grund, warum ich Sie heute auf diesen Ausflug eingeladen habe. Ich möchte, dass Sie sich mit Mary unterhalten. Ihr geht es nicht gut und mit mir will sie natürlich nicht darüber sprechen. Würden Sie das übernehmen. Es geht ihr wirklich schlecht.«

Celeste nickte aufgeregt. »Natürlich. Mir ist es gestern schon aufgefallen, dass es ihr nicht gutging und ich befürchte, dass mein Bruder der Grund dafür ist. Geben Sie dem Kutscher Bescheid, dass er sich beeilen soll.«

Celeste fand Mary in ihrem Zimmer, dass sie sich weigerte zu verlassen. Ihre Augen waren verweint und Celeste wusste im ersten Augenblick nicht, wie sie ihr helfen konnte, außer ihr über das Haar zu streichen und abzuwarten, bis sie sich beruhigte.

Es dauerte eine ganze Weile, bis Marys Tränen versiegten. Sie reichte ihr ein Taschentuch und Mary wischte die Nässe aus ihrem Gesicht.

»Was ist geschehen?«, fragte Celeste leise. »Und ich weiß, dass du nicht darüber sprechen willst. Aber Mary, es wird dir besser gehen, wenn du dir alles von der Seele sprichst.«

»Ich weiß selbst nicht genau, was geschehen ist. Aber es ist alles so schrecklich, so beschämend, dass ich nicht darüber sprechen kann.« Ihre Augen füllten sich erneut mit Tränen.

»Selbst mit mir nicht?«, hakte Celeste nach.

Mary schüttelte den Kopf.

»Mary, wir sind Freundinnen, seid wir laufen können, du bist mir näher, als meine Schwestern, das werden wir uns doch von einem Mann nicht kaputtmachen lassen, auch wenn es sich dabei um meinen eigenen Bruder handelt.«

Mary blickte auf. »Du weißt es?«, fragte sie erschrocken.

»Nein, ich weiß nicht, was los ist, aber ich weiß, dass es um Grayson geht. Weil dein Kummer immer mit Grayson zu tun hat. Früher hat er dich mit Kastanien beworfen und dich an der Stirn getroffen, dass du wie ein Einhorn aussahst. Dann hatte er eine Freundin eingeladen und du bist fast umgekommen vor Kummer. Er hat dich vor einem Jahr geküsst und ist einfach weggelaufen. Also was sollte es sein, außer, dass es mit Grayson zu tun hat. Ich dachte eigentlich, dass aus euch endlich ein Paar wird.« Celeste lehnte sich mit dem Rücken gegen einen Bettpfosten und sah ihre Freundin aufmunternd an.

»Ja, so sah es auch zuerst aus, doch dann habe ich einen großen Fehler begangen.«

Aha, langsam wurde es wärmer und sie kamen zu dem Punkt, um den es ging. Celeste sagte nichts, sondern wartete in Ruhe ab, bis Mary bereit war, weiterzuerzählen.

»Grayson hatte sich angeboten, für Driscoll nach Chatham zu fahren, um die Echtheit der Heiratsurkunde prüfen zu lassen. Also dachte ich, dass ich ihn für eine ganze Weile nicht sehen werde. So habe ich am Abend an seine Tür geklopft, um mich zu verabschieden, doch dann ist es … wir … nun, du kannst es dir schon denken, was geschehen ist.«

»Du hast dich ihm hingegeben?«, fragte Celeste verblüfft.

Mary nickte traurig.

Ihr Bruder hatte sich hinreißen lassen und mit Mary geschlafen? Ja war er denn von allen guten Geistern verlassen. Wusste er denn nicht, was geschehen konnte. Im gleichen Augenblick wurde ihr klar, dass sie und Driscoll das gleiche getrieben hatten, allerdings waren sie verlobt. Hatte denn Grayson auch vor, Mary zur Frau zu nehmen? Sie hatte so viele Fragen, die ihre Freundin vermutlich überfordern würden, und auf denen sie keine Antworten hatte. Sie musste unbedingt mit Grayson sprechen.

Mary blickte sie an, und Celeste ging es auf, dass sie endlich etwas sagen musste. »Das an sich ist ja erst einmal eine schöne Sache.«

»Woher weißt du das denn so genau?«, fragte Mary argwöhnisch.

Jetzt war es wohl an der Zeit, dass auch Celeste die Karten auf den Tisch legte. »Nun, weil Driscoll und ich ebenfalls …« Sie hob die Schultern und beendete den Satz nicht.

»Du hast bei ihm gelegen? Wann?«

»In der Nacht, als er mich von dem Ball des Earl of De Lacy nach Hause brauchte. Mir ging es nicht gut, wenn du dich erinnerst. Aber es war nur ein Vorwand, weil mich der Marquis of Goswins beleidigt hatte. Ich wollte nicht, dass Grayson oder Driscoll ihn womöglich zum Duell fordern würde, daher gab ich vor, nach Hause zu wollen. Dann ist es geschehen. Aber wir wollen doch nicht über mich sprechen, erzähl mir, was schiefgelaufen ist? Hat Grayson dich verletzt? War er zu grob?«

Mary winkte ab. »Nein natürlich nicht. Grayson ist die Sanftheit in Person. Ich bin es, die einen Fehler gemacht hat. Ich habe mich ihm regelrecht an den Hals geworfen. Viel zu liederlich, wie eine Käufliche. Ich dachte, es würde ihm gefallen und das hat es auch. Ich meine, uns beiden hat es gefallen und wenn ich ihn nicht schon längst lieben würde, hätte ich mich in dieser Nacht in ihn verliebt. Doch dann ist etwas geschehen, worauf ich keinen Einfluss hatte. Ich dachte, Grayson wäre am nächsten Morgen abgefahren, doch diese Penny hat ihr Kind bekommen und er war auf Watford Hall. Ich bin am Nachmittag ausgeritten und habe mein Pferd in den Stall gebracht. Es hatte sich einen Dorn in den Huf getreten. Hadley, der Stallbursche, war so freundlich, mir behilflich zu sein, den Dorn zu entfernen, dabei hat das Pferd mich getreten und ich bin in das Stroh gefallen. Als Hadley mir aufhelfen wollte, bekam auch er einen Tritt, und fiel auf mich. Wir lachten darüber, aber in diesem Moment betrat Grayson den Stall und behauptet nun, er hätte uns in einer verfänglichen Situation erwischt. Er hat Hadley entlassen und hält mich nun für unmoralisch und lasterhaft. Er will nichts mehr mit mir zu tun haben und spricht auch kein Wort mehr mit mir. Ich wollte die Situation erklären, doch er hört mich nicht einmal an. Die Situation ist völlig aussichtslos.«

Fassungslos musste Celeste das Gehörte erst einmal verdauen.

»Er hat Hadley entlassen? Er war immer so zufrieden mit

seiner Arbeit. Selbst wenn er dir nicht trauen kann, was ich für absolut unmöglich halte, so muss er doch wissen, dass Hadley ein absolut getreuer Mann ist. Was hat ihn nur so reagieren lassen?« Celeste schüttelte den Kopf. »Eifersucht«, beantwortete sie ihre Frage selbst. »Es kann nur Eifersucht sein. Vermutlich bereut er sein Verhalten schon, nur ist er zu stolz, um es zuzugeben. Ach Mary, was machen wir mit dir?« Sie rückte zu ihrer Freundin auf und nahm sie in die Arme. »Ich werde versuchen, mit Grayson zu sprechen. Und du kommst mich besuchen. Jeden Tag, hörst du. Es muss doch mit dem Teufel zugehen, wenn wir Grayson nicht mit seinen eigenen Waffen schlagen werden.«

»Wirst du jetzt meinen Bruder heiraten?«, fragte Mary plötzlich nachdenklich und sah Celeste aufmerksam in die Augen.

Sie lachte. »Ach was, James ist viel zu gut für mich. Wir wollen ihn doch nicht unglücklich sehen.«

KAPITEL 22

August 1850
Hamilton Place, Mayfair,
London

Driscoll konnte seine Unruhe nicht unterbinden. Er lief wie ein gefangenes Tier durch die Räume der Stadtvilla und blickte immer wieder aus dem Fenster, ob die Kutsche des Earl of Conteville nicht endlich vor dem Haus hielt und Celeste nach Hause brachte. Was tat sie denn nur so lange mit James Babington?

»Kann ich dir irgendwie helfen?«, fragte Grayson, der aus der Bibliothek kam.

»Nein, ich warte nur«, erklärte Driscoll zerstreut.

»Auf was wartest du?«, hakte Grayson nach.

»Auf … schönes Wetter.«

»Die Sonne scheint den ganzen Tag und wird wohl bald untergehen.«

»Ich warte auf noch schöneres Wetter«, murmelte Driscoll und lief in den ersten Stock hinauf, als er hörte, dass die Mädchen aus dem Garten ins Haus strömten. Vermutlich wollten sie sich für die Oper umziehen.

Wenn Celeste nicht bald erschien, würden sie ohne sie in die Oper gehen, was ihm gar nicht recht war. Er verzichtete auf eine Rasur und machte sich fertig, damit er auf keinen Fall verpasste, wenn Celeste nach Hause kam. Er trieb seinen Kammerdiener zur Eile an, doch es dauerte, bis der Binder richtig saß und er den Frack überziehen konnte.

»Sind Sie sicher, dass Sie unrasiert in die Oper wollen, Euer Gnaden?«, fragte Franklin sein Kammerdiener zweifelnd.

»Ja, dafür habe ich heute keine Zeit.«

Franklin blickte auf die Uhr, die auf dem Kaminsims stand und hob eine Augenbraue, sagte aber nichts. Er war geschult darin, nicht zu widersprechen und zur richtigen Zeit den Mund zu halten. »Ihre Handschuhe, Euer Gnaden. Wenn Sie noch etwas benötigen, ich stehe bereit.«

»Nein, danke. Franklin. Sie sind für heute entlassen. Wir werden spät wiederkommen und ich werde sie dann nicht mehr benötigen.«

»Sehr wohl, Euer Gnaden.«

Driscoll wusste, dass Franklin ein Bücherwurm war und jede freie Minute damit verbrachte, seine Nase in Bücher zu stecken. Grayson hatte ihm erlaubt, sich an der Bibliothek zu bedienen, wovon er reichlich Gebrauch machte.

Driscoll begab sich als erster in den Salon. Hier würde er hören, wenn Celeste nach Hause kam. Aus dem oberen Stockwerk waren laute Stimmen zu hören und er hoffte, dass wenigstens die Mädchen pünktlich fertig werden würden.

Nach einer Stunde kam Grayson in den Salon, ebenfalls mit einem schwarzen Frack und weißem, gestärkten Hemd. »Du bist schon fertig?«, fragte er und blickte Driscoll überrascht an.

»Ja, wie weit sind die Frauen?«, wollte er wissen und hoffte, dass Grayson etwas über Celeste wusste, doch dieser hob nur die Schultern.

»Wir müssen in einer halben Stunde los, wenn wir nicht zu spät kommen wollen. Ich werde eines der Dienstmädchen nach oben schicken, damit sie den Mädchen Dampf macht.« Er goss sich einen Brandy ein und stürzte ihn ohne abzusetzen hinunter.

Eine halbe Stunde später hörte er die Mädchen die Treppe hinunterkommen. Sie plapperten alle Durcheinander und Grayson verdrehte sie Augen. »Es war dein Vorschlag, mit allen in die Oper zu gehen, mein Freund. Vielen Dank dafür.«

Sie betraten ebenfalls die Halle und blieben beide abrupt stehen. Driscoll, weil Celeste vor ihm stand und er nicht mit ihr gerechnet hatte. Wann war sie denn nach Hause gekommen?

Grayson, weil er nicht mit Mary gerechnet hatte.

»Ich hoffe, es ist in Ordnung, wenn wir Mary mitnehmen«, erklärte Celeste gut gelaunt.

»Ich weiß nicht, ob wir alle in zwei Kutschen passen«, brummte Grayson unfreundlich.

»Oh, darüber brauchst du dir keine Sorgen machen. Draußen wartet eine Mietdroschke auf Mary und mich«, erklärte sie zuckersüß und lächelte ihren Bruder an, der seine Handschuhe anzog und das Haus verließ.

»Was ist mit Grayson los?«, fragte Rosalie neugierig.

»Keine Ahnung, Schwester. Aber vielleicht quält ihn ein schlechtes Gewissen.« Celeste lächelte Driscoll an und nahm Marys Arm. Zusammen begaben sie sich zu der Mietkutsche.

Die Mädchen waren sehr aufgeregt, denn die Royal Opera war ein besonderes Ereignis. Rosalie konnte sich gar nicht an den roten und goldenen Farbtönen sattsehen. Auch Valentine drehte sich immer wieder im Kreis, um alles bestaunen zu können. Während Eugenie und Georgina eher die jungen Männer bestaunten, die mit ihren Familien anwesend waren.

Driscoll ließ weitere Stühle in seine Loge bringen und erst, als das Licht erlosch, kehrte unter den Mädchen Ruhe ein.

Celeste und Mary ließen den Mädchen den Vortritt und in der vorderen Reihe zu sitzen, während sie dahinter Platz nahmen, eingerahmt von Driscoll und Grayson. Da der Duke of Leeds sich an die Seite von Celeste begeben hatte, blieb Grayson nichts anderes übrig, als den Platz neben Mary einzunehmen, wie Celeste mit Genugtuung sah. Allerdings war sein Blick ausschließlich auf die Bühne gerichtet, als wenn die Aufführung von Norma ihn vollkommen gefangen hielt.

Driscoll hingegen schien das Geschehen auf der Bühne kaum zu interessieren. Er blickte Celeste immer wieder an, was sie vollkommen ablenkte. Während der Arie beugte er sich zu ihr und flüsterte: »Wann bist du wiederkommen?«, ins Ohr.

Celeste sah ihn nur verwundert an und legte einen

Zeigefinger an die Lippen, um ihm zu bedeuten, dass er still sein sollte.

Die drei Stunden, die die Aufführung dauerte, schienen für Celeste kein Ende zu nehmen. Sie hatte einen Plan und hoffte, dass er aufgehen würde, dazu brauchte sie die Mithilfe von Driscoll.

Sobald der Vorhang endlich fiel, trieb sie die Mädchen zur Eile an. Die waren ganz erschlagen von all den Eindrücken und es war schon spät, dass alle dementsprechend müde waren.

»Driscoll, wärst du nett und begleitest meine Schwestern zu den Kutschen? Ich habe Angst, dass sie sich in dem Gewirr verlaufen.«

Er schien ihr Vorhaben zu erahnen und nickte ihr lächelnd zu. »Natürlich, ich werde dafür sorgen, dass ich dir einen Platz freihalte« raunte er ihr zu und drückte kurz ihre Hand, als sie sich durch die Menge dem Ausgang entgegen schoben.

Wie eine Entenmutter, die ihre Küken zusammenhielt, dirigierte Celeste die Mädchen schnell durch die Menge und stieg mit ihnen und Driscoll in die bereitstehenden Kutschen.

»Grayson! Sorgst du bitte dafür, dass Mary wohlbehalten zu Hause ankommt?«, rief sie ihrem Bruder zu, der mit Mary hinter ihnen hergelaufen war. Sie sah, wie sein Kiefer mahlte. Es war ihm ganz und gar nicht recht, doch er nickte ihr zu und bot, wenn auch widerwillig, Mary seinen Arm an und winkte nach einer Mietdroschke.

Celeste lehnte sich mit einem Lächeln zurück, als sich die Kutsche in Bewegung setze.

Die Mädchen waren ungewohnt still, sie waren müde

und froh, als sie endlich zu Hause ankamen und stiegen direkt die Treppen hinauf, um ins Bett zu gehen.

Celeste schloss sich ihnen an, obwohl sie wusste, dass Driscoll unbedingt mit ihr sprechen wollte, doch sie ließ ihn noch ein wenig zappeln. Sie zog sich mit Hilfe von Jane um und entließ sie dann zur Nachtruhe, wartete noch eine halbe Stunde, bis sie nur mit einem Hausmantel über ihrem Nachthemd bekleidet an Driscolls Tür klopfte. Sein Zimmer lag entgegengesetzt der Zimmer der Mädchen, daher hatte Celeste keine Sorge, gesehen zu werden, außer wenn Grayson nach Hause kam, doch so schnell rechnete sie nicht mit ihrem Bruder.

Es dauerte einen Augenblick, bis sich die Tür öffnete und sie hatte schon gedacht, er wäre gar nicht auf seinem Zimmer, doch dann stand er plötzlich vor ihr. Sie sahen sich an, ohne etwas zu sagen, dann schlüpfte sie in den Raum und schloss die Tür.

Driscoll hatte sich noch nicht zu Bett begeben, nur sein Jackett abgelegt und den Binder gelöst. Auf dem Tisch neben dem Sessel vor dem Kamin stand ein Glas mit brauner Flüssigkeit.

»Bietest du mir auch ein Glas an?«, fragte sie forsch.

»Hältst du das für eine gute Idee, zur Nachtzeit so bei mir aufzutauchen?«, fragte er und deutete auf ihren dünnen Hausmantel.

Sie hob die Schultern. »Ich bin ja nicht nackt.«

»Darunter schon. Das Kerzenlicht steht günstig«, erklärte er und wandte sich ab, um ihr ebenfalls ein Glas Brandy einzuschenken.

Celeste nahm in dem anderen Sessel Platz und beobachtete jede seiner Bewegungen. Er bewegte sich vorsichtig, geschmeidig, wie ein Tier, das auf der Lauer lag.

»Ich hoffe, deine Ausfahrt mit James Babington hat dir gefallen?« Er setzte sich ihr gegenüber, als wolle er nur einen kleinen Plausch halten.

Celeste nickte und trank einen Schluck. Der Tropfen brannte in ihrer Kehle, sorgte aber für eine angenehme Wärme in ihrem Bauch. »Ja, es war sehr angenehm. Babington ist ein wirklicher Gentleman.«

»So! Ist er das?«, fragte Driscoll grimmig.

»Ja, er hat es mir sehr leicht gemacht und seinen Antrag zurückgenommen.« Wenn diese Nachricht ihn überraschte, so zeigte Driscoll es nicht.

»Hat er einen Grund genannt?«, wollte er wissen und nahm sein Glas zur Hand, um ebenfalls zu trinken.

»Ja, wie drückte er sich noch aus? Er hätte keine andere Wahl, denn wenn ihn der Duke of Leeds zum Duell auffordern würde, indem er ihm vermutlich unterliegen würde, könnte es sehr peinlich für ihn werden. Denn du siehst aus, als könntest du eine ganze Armee alleine niederstrecken. Ja, das waren seine Worte.«

Ein feines Lächeln glitt über Driscolls Züge und er trank das Glas in einem Zug leer. »Sehe ich so zum Fürchten aus?«

Celeste hob die Schultern und nahm mutig noch einen Schluck. Der Alkohol schmeckte widerlich, doch er bewirkte, dass sie mutiger wurde. »Das kann ich nicht beurteilen. Einen Menschen, den man liebt, vor dem fürchtet man sich nicht, daher bin ich die falsche Person, um das zu fragen.«

Celeste hatte gerade noch Zeit, das Glas abzustellen,

bevor Driscoll sie an den Händen aus dem Sessel, an seine Brust zog. »Ist das wahr? Du gibst es endlich zu, dass du mich liebst?«

Sie strich lächelnd über sein Kinn, an dem ein leichter Bartansatz zu sehen war. »Ich mag es, wenn du nicht glattrasiert bist.«

»Beantworte meine Frage, Weib.«

Sie lachte auf, weil er sie noch dichter an seinen Körper zog und sie seine Erregung spürte, die ihr sofort Lust verschaffte.

»Ich kann es kaum noch erwarten deine Frau zu werden. Ja, ich liebe dich, Driscoll. Mit jeder Faser meines Herzens. Es tut mir leid, dass ich an dir gezweifelt habe, und das wird nie wieder vorkommen.«

»Ich werde dir nie wieder einen Grund liefern, an mir zu zweifeln, meine Liebste. Du bist die Frau, die sich ganz tief in meinem Herzen verankert hat. Wir werden jede raue See, jeden Sturm gemeinsam meistern.« Er beugte sich hinunter und enterte ihren Mund mit seinen Lippen. Als er den Kopf hob, entwich ihr ein enttäuschter Laut, doch Driscoll lächelte nur. Er kramte aus seiner Jackentasche einen Ring, den er ihr zaghaft über den Finger schob. »Den trage ich seit Tagen mit mir herum, damit ich eine Gelegenheit nicht verpasse, ihn dir endlich anzustecken, damit jeder sieht, dass du bald meine Duchess sein wirst.«

»Oh Driscoll«, murmelte Celeste und blickte auf den schimmernden Goldring, der einen großen Diamanten trug, eingefasst von einem Kranz kleiner Brillanten. »Ich habe ihn extra für dich anfertigen lassen. Er ist so einzigartig, wie du es bist. Ich könnte nicht stolzer sein, dass du mein Werben angenommen hast. In zwei Wochen werden wir heiraten und ich kann diesen Tag kaum noch erwarten.«

Sprachlos blickte Celeste erst auf den Ring, dann in seine Augen. Dort sah sie ihre Zukunft und sie sah wundervoll blau aus.

»Bringst du mich jetzt endlich in dein Bett?«, wisperte sie an seinen Lippen, als sie sich mit einem Kuss für diesen zauberhaften Ring bedankte.

»Du willst das Risiko wirklich eingehen, dass dich hier jemand entdeckt? Dein Bruder würde mich vermutlich in der Luft zerreißen«, gab Driscoll zu bedenken.

»Wo kommen plötzlich deine Skrupel her?«

»Ich habe am eigenen Leib erlebt, wie schnell man in ein falsches Licht gerückt werden kann und will allen Ärger von dir fernhalten.«

Celste nahm seine Hand und zog ihn Richtung Bett. »Um meinen Bruder musst du dir keine Gedanken machen. Er wird noch eine ganze Weile beschäftigt sein.«

KAPITEL 23

August 1850
Hafenviertel, London

»Wo sind wir hier?«, fragte Mary kleinlaut. Seit sie die Oper verlassen hatten, hatte Grayson kein Wort mit ihr gewechselt und sie fühlte sich nicht gerade sicher, in diesem Viertel der Stadt, das sie noch nie besucht hatte.

»Setz bitte die Kapuze deines Capes auf«, verlangte Grayson, als sie vor dem Hintereingang eines weißen großen Hauses hielten. Es passte nicht direkt in diese Umgebung, denn es sah wesentlich besser aus, als die restlichen Gebäude, die teilweise verfallen und notdürftig repariert waren.

Mary gehorchte, denn Grayson hielt ihr die Hand entgegen, und sie wollte auf keinen Fall allein in der Droschke zurückbleiben.

»Würdest du mir eine Antwort geben?«, fragte sie, doch Grayson reagierte nicht darauf.

Er führte sie durch den Hintereingang in das Haus, das von innen ganz anders wirkte, als gedacht. Überall brannten Kandelaber und Musik, Stimmen Lachen und Gesang, waren zu hören. Er führte sie in den ersten Stock und schloss eine Tür auf. Ein Dienstmädchen, leicht bekleidet, kam ihnen entgegen.

»Euer Gnaden! Darf ich Ihnen etwas bringen?«, fragte sie mit einem koketten Augenaufschlag.

Mary senkte beschämt den Kopf. Sie hatte die Kapuze tief ins Gesicht bezogen, damit man sie nicht erkannte.

»Bitte bringen Sie uns eine Flasche Champagner und zwei Gläser.«

»Verlangen Sie nach einem Mädchen?«

Grayson räusperte sich. »Nein, danke.« Er zog Mary schnell ins Zimmer und schloss die Tür.

Sie stand etwas hilflos in dem Raum herum, sah sich vorsichtig um. »Ist das etwa einer der Clubs, in denen du mit dem Duke of Leeds Deine Zeit verbringst?«

Grayson zog seinen Frack aus und löste den Binder, öffnete sein Hemd zur Hälfte, als würde er umkommen vor Hitze.

Ein Klopfen an der Tür unterbrach ihn in seiner Tätigkeit und er nahm ein Tablett mit zwei Gläsern und einen Sektkühler mit der Flasche entgegen.

»Danke, Lucy. Wir wollen nicht gestört werden.«

»Sehr wohl, Euer Gnaden.«

Grayson schloss die Tür ab.

»Du scheinst ja hier bekannt zu sein.« Mary schlug die

Kapuze zurück und löste den Umhang. »Kannst du mir sagen, was ich hier soll?«

Grayson goss die gelbliche Flüssigkeit in beide Gläser und reichte eines an Mary weiter. »Das muss ich dir doch wohl nicht erklären.«

»Was soll das denn heißen? Ich bewege mich nicht in diesen Kreisen. Dafür du wohl umso öfter«, gab sie giftig zurück und trank das Glas in einem Schluck leer. Es war unglaublich, was Grayson von ihr dachte. Hielt er sie wirklich für eine Frau, die so einfach zu haben war? Vermutlich. Schließlich hatte sie sich ihm ja quasi an den Hals geworfen. Einen Eindruck, den sie nie wieder gut machen konnte.

»Ich sollte lieber gehen. Es gibt bestimmt genug Mädchen, die dir hier zur Verfügung stehen.« Sie ging zur Tür, doch kam nicht weit. Grayson riss Mary an der Schulter herum und dabei nahm ihr Kleid Schaden. Die Naht riss an der Schulter auf. Erschrocken blickte sie auf das klaffende Loch.

»Was fällt dir ein?«, blaffte Mary ihn an.

»Stell dich doch nicht so an. Ich werde es dir ersetzen«, meinte er hochmütig und trank sein Glas ebenfalls mit einem Schluck leer, füllte es erneut und trank wieder.

»Wenn du dich nur betrinken willst, dann brauchst du mich ja wohl nicht dabei«

»Ich betrinke mich, um den Schmerz zu betäuben, den du mir zufügst«, erklärte er und trank nun direkt aus der Flasche.

»Wie bitte. Ich dir? Du bist es doch, der mich immerzu demütigt. Ich habe nichts getan, außer den Fehler zu begehen, mein Herz an dich zu verlieren. Ich weiß nicht, was du dir in deinem Kopf zusammen spinnst, aber nichts davon ist geschehen.«

Grayson kam ihr sehr nahe. »Du hast mich also nicht betrogen?«

»Nein, das habe ich nicht«, erklärte Mary selbstbewusst.

»Ich weiß, was ich gesehen habe.«

»Nichts hast du gesehen, außer einen Mann, der mich vor dem Tritt eines Pferdes beschützt hat. Du hättest ihm dankbar sein müssen, anstatt ihn seiner Arbeit zu berauben. Dein Verhalten war dumm und kindisch, einem Herzog wohl kaum angemessen. Wie kannst du nur denken, dass ich einen Stallburschen dir vorziehen würde? Ist dein Selbstbewusstsein so geringschätzig?« Sie musterte ihn kühl mit ihren Blicken.

»Dafür scheint deines ja sehr ausgeprägt zu sein. Mal sehen, wie weit du bereit bist zu gehen.« Ohne Vorwarnung riss er das Kleid weiter herunter und der dünne Stoff gab ohne Widerstand nach.

Mary schrie kurz auf, doch Sekunden später brachte Grayson sie mit einem Kuss zum Schweigen. Der Kuss war nicht zärtlich oder sanft, sondern hart und sollte sie bestrafen. Mary wusste auch warum. Grayson sah langsam ein, dass er einem Irrtum unterlegen war, und wollte sie dafür sühnen lassen. Er war zu stolz, um seinen Irrtum einzugestehen.

Ohne seine Lippen von ihr zu lösen, riss er mit beiden Händen ihr Kleid entzwei und ließ es zu Boden fallen. Er löste die Schleifen der Krinoline und hob sie auf seine Arme, während Mary ihre Beine um seine Hüften schlang. Sie trug kein Korsett, nur ein dünnes Chemise, dass er ihr über den

Kopf zog. Dafür musste er kurz seinen Mund von ihrem lösen.

»Was tust du?«, fragte sie atemlos.

»Ich werde dir zeigen, dass du mir gehörst, egal welcher Mann dich will. Du wirst immer nur mir gehören.« Er knurrte die Worte und sein heißer Atem streifte ihre Haut. Kurz setzte er sie auf dem Boden ab, streifte den Rest ihrer Kleidung ab und öffnete seine Hose. Dann hob er sie erneut hoch, drückte sie mit dem Rücken gegen die Wand, umfasste mit einer Hand eine nackte Brust.

Mary stöhnte laut auf, war nicht in der Lage sich dagegen zu wehren. Sie wollte es, sie wollte ihn. Egal, was er von ihr hielt, sie spürte, wie sehr er sie begehrte, und diese Begierde war besser, als seine Verachtung, die ihr tief ins Herz schnitt. Wenn sie nur das von Grayson bekommen würde, dann würde sie das wenige nehmen, was er bereit war, ihr zu geben.

Sie bäumte sich auf, drängte sich ihm entgegen, was ihm ein Grinsen über die Lippen trieb.

»Du willst es, nicht wahr. Du kannst es nicht erwarten, bis ich dich endlich nehme. Genauso will ich dich. Zügellos und hungrig. Nach mir und meiner Männlichkeit.« Er positionierte sich und glitt mühelos in sie hinein. Sie war bereit für ihn und stöhnte lustvoll auf, als er mit schnellen Bewegungen immer tiefer in sie hineinstieß.

»Ja, fester«, murmelte sie und fuhr mit ihren Händen durch sein Haar, hielt sich daran fest.

Immer härter stieß er zu und Mary konnte nicht genug bekommen. Sie trieb ihn an, bis sich eine Welle in ihr aufbaute und undefinierbare Laute ihren Mund verließen. Er kam und presste sie mir dem Körper gegen die Wand, bis

Mary kaum noch Luft bekam und ihn mit einem Schrei von sich stieß. »Was machst du? Willst du mich umbringen?«, fragte sie aufgeregt und rang um Atem.

Grayson zog seine Hose hoch.

»Was sollte das nur? Warum hast du mich hierhergebracht?« Mary bedeckte ihren Körper, schämte sich ihrer Nacktheit.

»Du bist dort, wo du hingehörst. Es gibt keinen Unterschied, zwischen den Frauen, die hier arbeiten und dir, Mary.«

Jedes seiner Worte traf sie wie einen Peitschenhieb. Tränen traten ihr in die Augen, die sie jedoch erfolgreich zurückdrängte.

»Das ist also deine Meinung von mir?«, presste sie hervor.

Er lachte hart auf und schwankte leicht. »Was glaubst du denn? Dass ich mein Herz an eine Frau, wie Du eine bist, verliere?« Er lachte höhnisch, dass Mary das Blut in ihren Adern gefror.

Schnell griff sie zu ihrem Kleid, obwohl es zerrissen war, zog sie es über, nahm das Cape zur Hand, um den Riss zu verdecken.

»Du bist ein Scheusal, Grayson Brisbin. Du bist es nicht würdig, den Titel eines Herzogs zu tragen. Ich wünsche dir nicht den Tod, ich wünsche dir ein langes freudloses Leben, auf dass du dich immer an meine Lippen und meinen Körper erinnern wirst. Du wirst dich danach verzehren, ohne jemals wieder die Möglichkeit zu haben, ihn auch nur zu berühren. Lebe Wohl, Grayson.« Mit diesen Worten wandte sie sich zur Tür und schloss sie auf. Sie rannte hinaus, ohne die Tür zu schließen, blind vor Tränen.

»Mary!«, rief Grayson hinter ihr her, der endlich aus seiner Erstarrung erwachte, doch ihre Beine trugen sie immer weiter, hinunter ins Erdgeschoss, wo sie einem Mann in die Arme lief, der sie auffing, bevor sie zu Boden gehen konnte.

»Mylady. Was ist mit Ihnen. Hat man Ihnen etwas angetan?«

»Bitte helfen Sie mir. Bringen Sie mich hier weg.«

KAPITEL 24

Ende September 1850
Croydon Manor/zwischen London
und Saint Albans

Celeste schritt den Weg im Rosengarten, der mit Blüten bedeckt war, am Arm ihres gerade angetrauten Ehemanns entlang.

»Hurra!« Und »Hoch sollen Sie leben!«, riefen die Gäste. Sie sah, wie Mary sich eine Träne aus dem Augenwinkel wischte. Ihre Schwestern umarmten sie und wünschten ihr alles Glück der Welt. Die vier Frauen trugen alle die gleichen Kleider und sahen wunderschön damit aus. Celeste trug das violette Kleid, das Driscoll ihr in Saint Albans gekauft hatte. Ihr Haar war aufgesteckt, mit kleinen violetten Rosenblüten verziert, die sie selbst gezüchtet hatte. In wenigen Minuten würde sie mit Driscoll hinüber zu Watford Hall fahren, ihrem neuen Zuhause. Solange sie noch kein eigenes Stadthaus besaßen, würden sie hier leben. In den nächsten vierzehn Tagen würde man sie in Ruhe lassen. Es war die übliche Zeit, die man den frisch Vermählten einräumte, um sich in ihr neues Leben einzugewöhnen, doch dann würden die neugierigen Nachbarn über sie herfallen und man erwartete einen Hochzeitsempfang.

Grayson trat plötzlich aus der Menge hervor. Zwar hatte man sich nur auf einen kleinen Kreis geladener Gäste beschränkt, doch Driscoll hatte einige Freunde aus dem Oberhaus eingeladen und auch direkte Nachbarn.

»Brisbin«, sagte Driscoll gut gelaunt.

»Darf ich meiner Schwester gratulieren?« Er zog Celeste in eine Umarmung, ganz gegen seine Gewohnheiten. »Ich wünsche dir alles Gute. Dieser alte Seebär ist ein guter Mann«, brummte er ihr ins Ohr.

»Vielen Dank, lieber Bruder. Auch, dass du uns Croyden Manor für unseren großen Tag zur Verfügung gestellt hast.«

»Es ist dein Zuhause und wird es auch immer bleiben.« Er wandte sich Driscoll zu. »Schwager. Wie lange habe ich warten müssen, dieses Wort auszusprechen.« Er grinste breit.

»Nun, du wirst es demnächst öfter aussprechen, als dir lieb sein wird, wenn ich mir deine Schwestern so ansehe.« Sie blickten hinüber zu der Gruppe, wo sich die Brisbin-Mädchen versammelt hatten und Ausschau nach möglichen Ehe-Kandidaten hielten.

»Darf ich die glückliche Braut küssen?«, fragte eine fröhliche Stimme.

»Nur über ihre Leiche, Babington«, erklärte Driscoll düster.

»Driscoll, jetzt mache James keine Angst, natürlich darf er das. Schließlich bin ich eine Braut, die für sich selbst sprechen kann.« Sie hielt James eine Wange entgegen und er deutete einen kleinen Kuss an, unter den wachen Augen ihres Gatten.

»Ein Kuss reicht«, erklärte James. »Schließlich will ich den Tag überleben«, laut lachend ging er davon.

»Celeste, du siehst einfach überglücklich aus.« Mary umarmte ihre Freundin.

»Bald wirst du auch eine so schöne Braut sein«, erklärte Celeste mit selbstbewusster Stimme.

Mary nickte, doch ihre Augen wirkten merkwürdig dumpf. Hinter ihr tauchte Peer Audley, der Marquis of Goswins, auf.

»Ich darf Ihnen auch gratulieren.« Er nickte dem Brautpaar zu.

»Aber natürlich, lieber Lord Goswins.« Celeste war überrascht, dass er eingeladen worden war.

»Lord Goswins war so freundlich, mich heute zu begleiten«, erklärte Mary, weil ihr der aufmerksame Blick von Celeste nicht entgangen war.

»Darling, wir müssen los.« Driscoll nahm ihren Arm und nickte den Anwesenden freundlich zu. Er half ihr beim Einsteigen in die Kutsche. Unter großem Jubel und Applaus setzte sich die Kutsche in Bewegung.

Die Fahrt dauerte nicht sehr lang, da die beiden Landgrundstücke kaum zwei Meilen voneinander entfernt lagen. Querfeldein waren es sogar noch weniger.

»Bist du glücklich?«, fragte Driscoll und hielt ihre Hand.

Celeste lächelte. »Ja, sehr sogar.«

Als Watford Hall in Sicht kam, beugte Celeste sich vor, um den Anblick in sich aufzunehmen.

»Das, mein Liebling, ist nun dein Zuhause. Croyden

Manor wird immer der Ort deiner Familie sein, aber dort«, er deutete auf ihr Landhaus, »wird der Ort sein, wo dein Herz zu Hause ist.«

Selig lächelte Celeste und schüttelte den Kopf. »Nein, mein Herz ist dort zu Hause, wo Ihr seid, mein Herzog«, erklärte sie und lehnte sich leise seufzend an seine Schulter.

»Dass du aber auch immer das letzte Wort haben muss«, murmelte er liebevoll.

»Ja, das muss …«, und bevor sie weitersprechen konnte, verschloss Driscoll ihr den Mund mit einem hingebungsvollen Kuss.

Grayson hatte sich, nachdem das Brautpaar abgefahren war, in sein Arbeitszimmer zurückgezogen. Ein Klopfen an der Tür ließ ihn aufhorchen und als niemand eintrat, ging er hinüber, um selbst die Tür zu öffnen.

»Mary!«, sagte er erstaunt, als er sah, wer um Einlass bat.

»Darf ich Sie einen kurzen Moment stören, Euer Gnaden?«, fragte sie ausdruckslos.

»Natürlich.« Er öffnete die Tür, um sie eintreten zu lassen. Er begab sich hinter seinen Schreibtisch, brachte so Abstand zwischen ihnen, setzte sich aber nicht. Es schien fast so, als hätte er Angst vor ihr.

»Ich störe nur ungern, aber es gibt eine Sache, über die ich Sie gerne informieren möchte.«

»Mary, ist diese förmliche Anrede wirklich notwendig?«, fragte er und versuchte, das Gespräch auf eine vertraute Grundlage zu bringen.

»Ja, das ist sie. Ich denke nicht, dass Vertraulichkeiten

zwischen uns von Dauer wären und somit nicht notwendig.« Ihre Worte waren so steif, wie es ihr Rücken war.

»Nun, wie kann ich Ihnen helfen, Lady Mary?« Wenn sie es auf die Spitze treiben wollte, dann würde er ihr folgen.

»Ich möchte Sie darüber in Kenntnis setzen, dass unsere Vertrautheit vor einigen Wochen nicht ohne Folgen bleiben wird.« Sie schluckte hart.

Grayson blickte sie an, und ihm war im ersten Augenblick nicht bewusst, was das zu bedeuten hatte.

»Ich verstehe nicht ganz, Mylady.« Er stützte seine Hände auf dem Stuhl ab, der vor ihm stand.

»Um es deutlicher ausdrücken, damit es auch Euer Hochwohlgeboren verstehen. Ich bin schwanger und erwarte ein Kind.«

Die Worte schlugen wie Pistolenkugeln bei ihm ein und hinterließen große Wunden. Ein Kind?

»Das ist unmöglich«, begehrte er auf.

»Es ist möglich, Eure Gnaden. Sobald eine Frau und ein Mann intim miteinander sind, besteht die Möglichkeit einer Schwangerschaft, so viel müsste selbst Ihnen klar sein.«

Er blickte sie wütend an.

»Ich erwarte nichts von Ihnen. Sie brauchen sich keine Sorgen zu machen. Ich verfüge über eine Familie, die mich liebt und mir diesen Fehler verzeihen wird, selbst wenn es einen Skandal geben wird. Sie brauchen keine Angst zu haben, ich werde Stillschweigen über den Vater meines Kindes bewahren. Selbst meiner Familie habe ich darüber keine Auskunft gegeben. Sie sind also auf der sicheren Seite. Ich wollte lediglich meiner Pflicht nachgehen und Sie über die Vaterschaft informieren. Ich werde mich zur gegebenen Zeit aufs Land zurückziehen und dort das Kind zur Welt bringen. Falls Sie es wünschen, werde ich Sie darüber informieren, was es geworden ist.«

Endlich erwachte er aus seiner Erstarrung. »Informieren? Wer sagt denn, dass ich überhaupt der Vater bin?«, fragte er eisig.

Mary atmete angespannt aus, dann lächelte sie. »Ich habe meine Schuldigkeit getan und Sie informiert. Was Sie mit dieser Information anfangen, ist Eure Sache. Es geht mich nichts weiter an.« Sie lächelte, knickste und verließ den Raum. Zurück blieb der Duft ihres diskreten Parfums nach Veilchen und der verletzte Ausdruck auf ihrem Gesicht, das sich Grayson ins Gedächtnis einbrannte, wie eine Brandmarkung auf seiner Brust. Sein Herz zog sich eisig zusammen, er wollte ihr hinterherlaufen, doch er brachte es nicht fertig, verharrte auf der Stelle wie versteinert, und ballte die Hände zu Fäusten, dass es schmerzte.

DANKSAGUNG

Ein historischer Rman ist für mich immer etwas Besonderes. Es ist meine Passion, die ich sehr liebe und selbst gerne lese. Aber einen Roman schreibt man nie ganz allein. Ich habe vielen Menschen zu danken, die mir geholfen haben, dieses Buch entstehen zu lassen:

- meine Lektorin Melanie, für das Korrigieren, die Stiländerungen und das Lesbarmachen
- den Testlesern, für eure hilfreichen Anmerkungen und Ideen
- den Lesern für ihre Treue
- meinen Kindern, für ihre Geduld und das Interesse, das sie immer wieder an meinen Büchern bekunden.

Ich hoffe, es hat euch gefallen und wir lesen uns bald wieder!

Ihr wisst, wie wichtig Rückmeldungen für die Autoren sind. Daher bitte ich euch, um eine Rezension auf den diversen Plattformen. Helft mir, diese Geschichte vielen Menschen zugänglich und bekannt zu machen.

Eure

Kajsa Arnold

BÜCHER VON KAJSA ARNOLD

Coming soon

Croyden Manor geht weiter ..

weitere historische Romane

tresjoli
Tessa
ALBERTI
Die
STUNDE
unserer
Träume
DIE HAMBURG-SAGA

LESEPROBE: DIE STUNDE UNSERE TRÄUME

1. Kapitel

Hamburg, 07. Januar 2020
Harvestehuder Weg

Diese Kartons gehören zum Altpapier. Da sind nur alte Zeitungen drin.« Berit Bartoll wies auf einen Stapel von fünf Umzugskartons, die in der Ecke des Kellers standen und der Entrümpler verdrehte die Augen, kratzte sich den Hinterkopf. Sein Haar war schon ganz grau von dem Staub, der hier im Keller durch das Heraustragen der Kisten aufgewirbelt wurde.

»Sie haben ja `nen ganz schönen Müll angesammelt«, murrte er, zerrte aber die Kisten aus der Ecke.

»Das ist kein Müll, sondern das Leben meiner Eltern«, murmelte Berit abwesend und warf einen Blick in den nächsten Karton, von dem sie nicht wusste, was sein Inhalt war. Sie wühlte darin herum, fand neben alten Alben, Tagebüchern und Zeitungsausschnitten auch eine Schatulle, die mit kitschigen Steinen und Muscheln besetzt war, solche, wie man sie am Strand fand. Obwohl das Teil billig aussah, zog sie es unter all dem Krimskrams heraus, denn diese kleine Kiste war ihr vorher noch nie untergekommen. Müde strich sie sich über die Stirn.

»Kommt das ebenfalls weg?«

Berit zuckte erschrocken zusammen, denn sie hatte gar nicht mitbekommen, dass der Mann zurückgekehrt war. Sie schüttelte den Kopf. »Nein, dieser Karton nicht, den nehme ich mit«, erklärte sie schnell und trat zur Seite, um ihm Platz zu machen.

Sie sah sich im Keller um, der so gut wie leer war. »Der Rest kommt auf den Sperrmüll«, sagte sie entschlossen und der Mann nickte ihr zu. »Ich bin dann oben, wenn Sie mich hier nicht mehr brauchen, Herr Krämer.«

Langsam stieg sie die steile Treppe hinauf, die sie wieder ans Tageslicht brachte. So eine Hausauflösung war eine Menge Arbeit. Nicht nur, dass man sich mit dem alten Zeug aus längst vergangenen Tagen abmühte, man wurde auch mit einem Ruck zurück in die Kindheit befördert. Erinnerungen schwirrten einem durch den Kopf, die längst vergessen schienen. Nicht nur Spielzeug, Möbel und Tapeten riefen diese Flashbacks hervor, auch Gerüche und Klänge, die wie wabernde Nebelfelder unsichtbar in den Räumen hingen, brachen über einen mit unerwarteter Wucht herein. Stimmen längst Verstorbener, derer man sich nicht erinnern wollte, oder deren Erinnerungen zu schmerzvoll waren, zehrten an den Nerven.

Tief atmete Berit aus, als sie endlich wieder im hellen Wohnzimmer stand. Alle Wohnräume waren mittlerweile leer. Das Haus konnte an den Käufer übergeben werden. Sie klopfte sich den Staub von der Hose, der sich auch bei ihr festgesetzt hatte. Es war nicht besonders gescheit gewesen, eine weiße Bluse anzuziehen, wenn man einen Keller ausräumt, ging es ihr durch den Kopf. Naja, es war nicht mehr das neuste Modell und die Jeans würde sie später einfach in die Waschmaschine werfen.

Es klingelte an der Tür, obwohl der Eingang offen stand. Neugierig lief Berit hinüber in den Flur und sah einen großgewachsenen Mann dort stehen. Er trug einen langen schwarzen Mantel, um seinen Hals einen grauen Schal und unter dem Arm eine abgetragene Ledertasche. Sein Kopf zierte eine neumodische Mütze, die am Ende etwas länger war. Beanie wurde sie wohl genannt. Berit wusste das, weil sie Fynn, ihrem Sohn, so ein Modell erst kürzlich zum Geburtstag geschenkt hatte.

Der Gast war konservativ gekleidet, sein Gesicht jedoch noch jung. Er schien in Berits Alter zu sein, vielleicht ein wenig älter, aber auf keinen Fall über vierzig.

»Moin«, sagte er mit einem norddeutschen Akzent und reichte ihr die Hand. »Mein Name ist Nathan Dietzel. Ich bin Notar und suche Frau Berit Bartoll.«

Berit lächelte freundlich. »Dann haben Sie mich wohl gefunden. Guten Tag, Herr Dietzel. Wir haben gestern miteinander telefoniert.« Sie reichte ihm die Hand, die er freundlich lächelnd ergriff.

Er nickte zustimmend. »So ist es. Es freut mich, dass wir uns endlich persönlich kennenlernen. Sie sind also die Person hinter der interessanten Stimme.« Er sah sie aufmerksam an, dann schweifte sein Blick ab. »Das ist das Objekt, das zum Verkauf steht? Ein wunderbares Anwesen.«

Er hörte sich wie ein Makler an, dabei war er der Anwalt, der den Verkauf notariell begleiten sollte.

»Ja, das Haus meiner Kindheit. Schon meine Urgroßeltern haben hier gelebt«, berichtete sie ein wenig stolz.

»Und dann wollen Sie sich davon trennen?« Gemeinsam schritten sie durch die Räumlichkeiten, die im Erdgeschoss lagen. Da waren der große Salon, dessen Türen in den Garten hinausgingen sowie das angeschlossene Esszimmer. Die Küche mit einer altmodischen Durchreiche, die sich aber immer als sehr praktisch erwiesen hatte. Hier gab es noch den üblichen schwarzweißen Fliesenspiegel. Der Raum bedurfte einer Renovierung, das war nicht zu übersehen.

»Ja, es wird Zeit, alte Zöpfe abzuschneiden. Das Haus ist für mich allein viel zu groß geworden. Meine Kinder sind erwachsen und studieren in Berlin und Freiburg«, gab Berit preis.

»Sie haben schon erwachsene Kinder?« Die Frage klang belanglos, jedoch kam es Berit so vor, als glomm Interesse in seinem Blick auf, aber vermutlich war es nur Einbildung.

Nathan Dietzel hatte sehr schöne Augen. Hellblau und glänzend. Sehr außergewöhnlich.

»Ja, ich bin sehr früh Mutter geworden, das kann auch seine Vorteile haben, nun habe ich mit fünfunddreißig bereits mein Leben zurück.« Berit lachte verlegen.

»Aber das teilen Sie doch sicherlich mit Ihrem Mann.«

Sie schüttelte den Kopf. »Nein, ich war nie verheiratet, sondern habe meine beiden Kinder alleine großgezogen. Nur haben meine Söhne leider kein Interesse an dem Haus, obwohl auch sie hier aufgewachsen sind.« Berit hörte selbst, wie bemitleidenswert ihre Worte klangen und rügte sich innerlich dafür, dass sie sich so gehen ließ. Das interessierte den Mann mit Sicherheit nicht und sie hielt ihn nur auf.

»Bitte entschuldigen Sie, ich rede und rede, anstatt Ihnen das Haus zu zeigen.« Sie lächelte verlegen.

»Sagen Sie das nicht. Ich interessiere mich immer dafür, welche Geschichten hinter so einem Objekt stecken. Ihre hört sich sehr faszinierend an, wenn ich das sagen darf, genau wie Sie«, erwiderte er und sah sie wieder so intensiv an.

Berit wurde es ganz warm, Hitze stieg ihr in die Wangen. Flirtete er etwa mir ihr? »Vielen Dank für Ihr Interesse, Herr Dietzel. Manche Häuser erzählen sicher ungewöhnliche Geschichten. Wollen wir uns noch das Obergeschoss ansehen?«

Er nickte und Berit schritt die Holztreppe in die erste Etage hinauf. »Hier gibt es vier Schlafzimmer, ein Arbeitszimmer und zwei Bäder. Ich denke, genau die richtige Größe für eine große Familie. Haben Sie Kinder?«, fragte Berit und hoffte, dass diese Frage nicht allzu neugierig klang.

»Nein, dazu ist es bei mir nie gekommen. Ich bin Witwer. Meine Frau kam vor einigen Jahren bei einem Autounfall ums Leben«, erklärte er ohne Emotionen.

»Oh, das tut mir leid. Bitte entschuldigen Sie meine Neugier.« Berit schaute verlegen aus einem der Fenster, die in den Garten zeigten. Der Tag war nebelig und feucht. Ein richtiger Januartag in Hamburg.

»Muss es nicht. Es ist fast sechs Jahre her. Ja, das Leben verläuft oft anders, als man es plant. Wir sind nur Statisten in diesem Spiel, das man Leben nennt nicht wahr?« Er nahm seinen Schal ab und steckte ihn in die Manteltasche. »Ein wirklich schönes Haus, das Sie besitzen«, wechselte er abrupt das Thema, »und dazu in einer der besten Lagen von Hamburg. Sie dürften keine Schwierigkeiten haben, das Objekt zu verkaufen. Haben Sie sich schon an einen Makler gewandt?«

Berit schüttelte den Kopf. »Es gibt ein befreundetes Paar, das Interesse bekundet hat. Der Verkauf ist so gut wie unter Dach und Fach. Daher benötigen wir einen Notar. Ich wollte nur, dass Sie sich vorher noch ein Bild von dem Haus machen, bevor sie den Vertrag aufsetzen. Ich habe auch noch Blaupausen des Grundrisses, die ich Ihnen gerne überlassen kann, wenn Sie diese benötigen.«

Dietzel nickte. »Das ist ja super. Die nehme ich gerne mit. Das Haus hat auch einen Keller?«

»Ja, natürlich. Dort waren früher die Küche und Hauswirtschaftsräume untergebracht. Das Personal schlief ganz oben, dort ist jetzt nur noch der Dachboden.«

»Gut, dann wollen wir uns mal an die Arbeit machen.« Dietzel sah sie aufmunternd an und Berit nickte.

»Ja, es wird Zeit, diese Ära hinter sich zu lassen.«

2. Kapitel
Hamburg, 23. September 1913
Speicherstadt

Lore blickte zu den Fenstern hinauf, durch die das Licht einfiel und eigenartige Muster auf den Holzboden zeichnete. Kleine Kreise, denen sie versuchte, auszuweichen. Auf den Zehenspitzen sprang sie von Kreis zu Kreis, obwohl sie eigentlich viel zu alt für solch ein Spiel war. Eine Tür fiel laut zu und sie erschrak. Warum musste es hier im Kontor immer so schummrig sein? Mit schnellen Schritten lief sie die langgezogene Treppe zu den Büros hinunter. Vater hasste es, wenn sie sich im Lager herumtrieb. Aber er war für einige Tage nach Lübeck gefahren, um einen neuen Kunden zu treffen. Der Handel mit Kautschuk, den man für die Gummiherstellung benötigte, florierte. Es wurde aus Südamerika verschifft und landete im Hamburger Zollhafen. Die Lager waren gut gefüllt, die Makler wickelten reichlich Geschäfte ab, die Auftragsbücher waren voll. Heinrich Kraft galt als erfolgreicher Geschäftsmann und genoss das Ansehen der Hamburger Honoratioren.

Schwungvoll öffnete Lore die Tür zum Kontor und trat ein. »Moin, Herr Aldenhoven«, rief sie gut gelaunt.

Gideon Aldenhoven, der Prokurist, sah überrascht auf. Er vertrat Heinrich Kraft, wenn dieser auf einer seiner vielen Reisen war. Obwohl er noch so jung war, vertraute ihm Heinrich Kraft und hielt große Stücke auf ihn.

»Guten Morgen, Fräulein Kraft«, sagte er mit ruhiger Stimme, schaute nur kurz auf, senkte dann den Kopf wieder über das Buch, in dem er lange Zahlenkolonnen eintrug.

Lore wusste, dass sich seine Wangen rot färbten. Das taten sie immer, wenn sie den Raum betrat. Gideon Aldenhoven war ein junger Mann von siebenundzwanzig Jahren, mit schwarzem Haar, das wunderschön glänzte. Seine blauen Augen waren dunkel und aufmerksam. Ihm entging nichts. Zwar gehörte seine Familie nicht zu den reichen Familien in Hamburg, sondern lebte auf einem Bauernhof in der Nähe von Lübeck, doch er war sehr weltgewandt, gut aussehend, mit perfekten Umgangsformen und ein fleißiger Mitarbeiter. Das behauptete zumindest ihr Vater immer.

Lore mochte ihn, sehr sogar. Sie war in der letzten Zeit öfter hier im Kontor erschienen, weil sie sich für die Arbeit interessierte, die Gideon erledigte, und er gab ihr bereitwillig Auskunft. Es schien ihm Spaß zu bereiten, Lore über die Arbeit im Kontor auf dem Laufenden zu halten und sie einzuarbeiten.

»Haben Sie etwas von meinem Vater gehört?«, fragte Lore, raffte die Röcke ihres rosafarbenen Kleides, in dem sie besonders hübsch aussah, und lehnte sich neben Gideon an den Schreibtisch, an dem er saß. Es war eine forsche Geste, aber so war Lore nun mal, jung und ungestüm, willensstark und zielstrebig. Alles Attribute, die so gar nicht zu einer Frau passten, die dazu erzogen wurde, einmal einen Mann der feinen Gesellschaft zu heiraten und ihm eine gute und fügsame Ehefrau zu sein.

»Tut mir leid, Fräulein Kraft, noch nicht. Aber er ist ja auch erst einen Tag fort.«

»Sie sollen mich doch Lore nennen«, verlangte sie mit einem Lächeln auf den Lippen und nahm ihren großen Strohhut ab, der mit bunten Blüten verziert war.

»Das kann ich nur, wenn Ihr werter Herr Vater nicht zugegen ist«, erklärte er und sah zu ihr auf.

»Sehen Sie ihn denn hier irgendwo?« Sie klimperte mit den langen dunklen Wimpern.

»Nein natürlich nicht … Fräulein Lore«, kam ihm zögerlich über die Lippen. Er sah sie geradeheraus an. Auch wenn er schüchtern war, so zeigte er stets Rückgrat. Lore mochte es, ihn in Verlegenheit zu bringen und doch wünschte sie sich, dass er endlich von den ausgetretenen Pfaden abwich und etwas Unüberlegtes tat. Sie vielleicht einlud, oder gar küsste. Was sehr verwegen wäre.

»Ich werde Sie Gideon nennen. Ich mag Ihren Namen. Was machen Sie denn da Schönes?« Lore lehnte sich vor und blickte auf die Seiten des dicken Buches.

»Das nennt man doppelte Buchführung. Schauen Sie, hier trage ich die Einnahmen ein, die werden auf zwei verschiedenen Konten erfasst, einmal im Soll und auch im Haben. Unter dem Strich muss auf beiden Seiten das Gleiche stehen, sonst stimmt die Buchführung nicht. Also, so … grob erklärt. Das wird dann später von den Schreibkräften abgetippt.« Mit dem Bleistift hatte er ihr bestimmte Punkte gezeigt, es so vermieden, sie dabei anzusehen.

»Und was ist das hier?«, fragte sie und zeigte auf eine andere Spalte.

»Das sind die Ausgaben. Die werden nach ihrer Art aufgeteilt. Wir haben ja nicht nur den Wareneinkauf, sondern auch Kosten für die Verschiffung, den Weitertransport …«

»Die Verpackung und die Makler, die Löhne der Angestellten«, fiel Lore ihm ins Wort.

»Ganz genau. Sie interessieren sich für Buchführung, Fräulein Lore?«

Nun sah er sie aufmerksam an und Lore nickte heftig. »Ja, das tue ich, nur verstehe ich noch zu wenig davon. Aber ich will es lernen, denn irgendwann werde ich die Firma übernehmen müssen.«

»Sie wollen die Firma übernehmen?«, fragte Gideon überrascht.

»Ja, natürlich. Papa hat keinen männlichen Erben.« Das war ihm ja wohl bekannt.

»Ich könnte es Ihnen zeigen und versuchen beizubringen. Obwohl, ich weiß nicht, ob es Ihrem Vater recht wäre.« Er fuhr sich unsicher über seinen Nasenrücken und räusperte sich.

Lore winkte ab. »Wenn wir es ihm nicht erzählen, wird er es nicht erfahren«, sagte sie verschwörerisch. »Ich werde Sie ganz bestimmt nicht verraten, lieber Gideon.« Sie legte ihre Hand auf seine Schulter und spürte die Wärme seiner Haut. Sie kam ihm gerne so nah. Er roch so gut nach Rasierwasser.

Er sah sie zweifelnd an. »Ich weiß nicht so recht.«

»Gideon! Ich bin das einzige Kind meines Vaters. Wer soll denn einmal das alles hier übernehmen? Er wird nicht jünger und auch wenn es meinem Vater nicht gefällt, ich bin seine einzige Erbin. Also muss ich etwas lernen, ob ich will oder nicht. Und ich will ja. Es wäre mir ein Graus, wenn ich *nur* die Frau an der Seite eines Mannes wäre und sonst nichts. Immer mehr Frauen gehen einem Beruf nach und ich habe nicht die Schule besucht und mein Abitur gemacht, um nur Kinder in die Welt zu setzen.«

Sie blickte ihn so voller Enthusiasmus an, dass Gideon nach kurzem Zögern nickte. »Sie haben sehr moderne Vorstellungen, Fräulein Lore, was ich sehr zu schätzen weiß. Ich weiß nur nicht, ob Ihr Vater es gutheißen wird, aber Sie wissen sicherlich, dass Sie das Kontor nicht übernehmen können, liebe Fräulein Lore.« Er sah sie traurig an und als Lore keine Anstalten machte von ihrem Vorhaben abzuweichen, nickte er. »Gut, wenn Sie es so wollen.«

»Ich will es, Gideon. Sehr sogar.« Dabei blickte sie ihm tief in die Augen, dass seine Wangen sich erneut röteten.

»Was halten Sie davon, wenn Sie heute Abend zum Essen zu uns kommen? Dann können wir uns weiter über dieses so interessante Thema Buchführung unterhalten«, schlug Lore vor und strich eine ihrer brünetten Haarsträhnen hinter ihr Ohr. Sie trug ihr Haar zu einem Knoten hochgesteckt und wusste sehr genau, wie diese Geste auf Männer wirkte.

»Oh, ich bin mir nicht sicher …«, stammelte Gideon. Schon wieder. Er war äußerlich ein sehr attraktiver Mann, doch ihm fehlte es wohl ein wenig an Selbstvertrauen.

»Machen Sie sich keine Sorgen, mein lieber Gideon. Es wird natürlich eine Anstandsdame zugegen sein. Berta, meine Erzieherin, wird mit uns essen.«

Sie sah, wie Gideon erleichtert ausatmete. »Wenn das so ist, dann sehr gern, Fräulein Lore.«

»Ich erwarte Sie um halb acht.« Sie wandte sich zur Tür und gerade, als sie nach der Klinke griff, wurde sie von außen aufgerissen.

Peter Sandberg, der Vorarbeiter im Lager, betrat den Raum und blickte Lore erstaunt an. »Moin, Fräulein Kraft.«

»Guten Morgen und einen schönen Tag, die Herren«, rief sie mit heller Stimme und verschwand gut gelaunt.

»Na, die Deern wird auch immer hübscher, nicht wahr, Aldenhoven?«, sagte Sandberg und lachte laut auf, während er sich am Hinterkopf kratzte. »Die neue Ladung ist gelöscht und kann zum Weitertransport verladen werden.«

Fröhlich kam Lore in der Villa am Harvestehuder Weg an und legte ihren Hut und Sonnenschirm ab.

»Wo bist du gewesen?«

Die strenge Stimme zauberte Lore ein Lächeln auf die Lippen.

»Eleonore! Ich möchte nicht, dass du alleine durch die Stadt läufst.« Wenn Berta Clasen Lores Taufnamen benutzte, wollte sie besonders streng wirken, doch Lore wusste, dass diese Frau alles andere als ein Hausdrachen war. Sie war eine Seele von Mensch und liebte Lore wie eine Tochter. Selbst ihr strenger Vater, der selten ein gutes Wort für andere übrig hatte, weil er nur sich selbst für vollkommen hielt, mochte Berta. Sehr sogar. Lore hatte ihn schon mehrmals dabei beobachtet, wie er Berta über die Hand gestrichen hatte, sie jedoch schnell wegzog, als Lore den Raum betrat. Aber sie hatte es gesehen, weil sie ihre Augen überall hatte und eine schnelle Auffassungsgabe besaß. Auch duzten sich die beiden, sobald niemand anderer im Raum anwesend war. All diese Dinge blieben Lore nicht verborgen, doch ihr wäre nicht im Traum eingefallen, ihren Vater danach zu fragen, was das zu bedeuten hatte.

»Ich war doch nur kurz im Kontor«, erklärte Lore und strahlte. »Wir haben heute Abend einen Gast. Herr Aldenhoven wird mit uns essen.«

»Du hast ihn eingeladen?«, fragte Berta überrascht und folgte Lore in den Salon.

Der elegante Raum war ganz in Gold- und Beigetöne gehalten. Ganz anders, als es zurzeit Mode war. Da herrschten dunkle Töne vor, doch Berta hatte ihn hell einrichten lassen. Obwohl es als Erzieherin nicht zu ihren Aufgaben gehörte, hatte sie eine Menge Tätigkeiten einer Hausdame übernommen, die eher von einer Ehefrau hätten ausgeführt werden müssen. Da Lores Mutter bei ihrer Geburt gestorben war und Heinrich Kraft nicht wieder geheiratet hatte, gab es niemand, der diese Aufgabe hätte übernehmen können. Heinrich war nach dem Tod seiner Frau von Bremen aus nach Hamburg gezogen, wo er viele geschäftliche Kontakte pflegte und hatte sich dort niedergelassen. Nicht nur Heinrich war froh, Berta im Haus zu haben, auch Lore liebte diese ruhige und warmherzige Frau.

Lore ließ sich laut seufzend auf das Sofa fallen. »Natürlich habe ich ihn eingeladen. Oder glaubst du, er hat es selbst getan?« Sie grinste bei dem Gedanken an den schüchternen Mann. »Dafür ist er viel zu gut erzogen.«

»Aber wie kommst du dazu?«, fragte Berta und setzte sich mit geraden Rücken zu ihr. »Setz dich aufrecht hin, mein Kind, sonst bekommst du einen krummen Rücken«, wies sie Lore zurecht.

»Herr Aldenhoven ist ein sehr fleißiger Mitarbeiter, den Papa sehr schätzt. Ich finde, wir sollten einen guten Kontakt zu ihm halten, solange Papa nicht im Haus ist, findest du nicht auch?« Berta musste ja nichts davon erfahren, dass Lore die Absicht hatte, sich in die Arbeit der Buchführung einzuarbeiten und Aldenhoven ihr Lehrer sein sollte.

»Dann müssen wir Isolde Bescheid geben, damit sie eine größere Portion kocht. Sie liebt keine Überraschungen und wir wollen sie doch nicht verärgern.« Berta erhob sich und sah Lore aufmerksam an. »Dir gefällt dieser Mann, nicht wahr?«

Nun war es an Lore, die unter dem strengen Blick von Berta rote Wangen bekam. Sie hob gleichgültig die Schultern. »Er ist viel zu schüchtern«, gab sie vage zur Antwort, ohne wirklich auf die Frage einzugehen, doch Berta hatte sich bereits abgewandt, und steuerte auf die Küche zu, die im Tiefparterre lag.

»Ich werde mit Isolde das Essen besprechen und gebe Willa Bescheid, dass sie ein Gedeck mehr auflegt«, rief sie Lore zu, die es sich zufrieden auf dem Sofa bequem machte.

Welches Kleid sollte sie am Abend tragen? Es sollte ein

ganz Besonderes sein, denn sie wollte auf jeden Fall Gideon Aldenhoven Aufmerksamkeit erregen und das nicht nur, wenn es um Buchführung ging. Das weiße Kleid war neu und stand ihr ausgesprochen gut. Dann könnte sie die passenden Schleifen ins Haar binden. Berta würde ihr bestimmt dabei helfen. Nur durfte sie nicht erfahren, wie es um Lore stand, die sich in den jungen Mann verliebt hatte, auch wenn er weit unter ihr stand. Doch das war Lore egal. Sie gab nichts auf Konventionen. Für Lore war es wichtiger, dass ein Mann ein gutes geschäftliches Verständnis hatte und dass er interessant war. Und genau diese Eigenschaften brachte Gideon Aldenhoven mit. Ja, sie würde das weiße Kleid tragen.

Printed in Poland
by Amazon Fulfillment
Poland Sp. z o.o., Wrocław

84080589R00129